小学館文庫

付添い屋・六平太

麒麟の巻　評判娘

金子成人

目次

付添い屋・六平太

麒麟の巻　評判娘

第一話　大根河岸

一

大川に架かる新大橋を深川へと渡っていた秋月六平太《あきづきろっぺいた》の足が、ふっと止まった。

橋の東岸にある御籾蔵《おもみぐら》や御船蔵《おふなぐら》が、西日をまともに受けて輝いている。

「どうしました？」

噺家《はなしか》の三治《さんじ》が、訝《いぶか》るように六平太を振り返った。

三治は、六平太が住む、浅草元鳥越《もととりごえ》、市兵衛店《いちべえだな》の住人である。

「黄金色に輝いてるのを見ると、あれがおれの小判だったらな、なんてよ」

「へぇ」

いつもなら面白おかしく言い返すのだが、今日の三治は表情が幾分強張《こわば》っていた。

歩き出した六平太の横で、三治が落ち着きなくため息をついた。

六平太は、納涼の船を仕立てるという木場《きば》の材木商『飛騨屋《ひだや》』から招かれていた。

「どなたかお知り合いをお連れになっても構いません」

『飛騨屋』の当主、山左衛門《さんざえもん》がそう言ってくれた。

六平太は、座の賑《にぎ》やかしにと噺家の三治を伴なうことにしたのだ。

「しかし、秋月さんが木場のあの『飛騨屋』さんとお親しいとはねぇ」

三治がため息交じりに呟《つぶや》いた。

「なにせあぁた、木場の『飛騨屋』と言や、江戸でも十本の指に数えられる材木商ですよ。その船に乗り込むことになるなんて、初めての高座《こうざ》に上がるような心持ちで」

はぁと息をついて、三治が首を捻《ひね》った。

六平太が、『飛騨屋』の内儀《ないぎ》おかねと娘の登世《とせ》の付添いを請け負うようになってから五年ばかり経《た》つ。

用が無くても、近くに行ったついでに『飛騨屋』に立ち寄ることもあった。

そんな時、六平太が恐れ入るほどのもてなしをしてくれる。

時分どきには食事の心配をしてくれるし、帰りには〈煙草銭《たばこせん》〉まで渡してくれる、六平太には有難い顧客だった。

『飛驒屋』が仕立てた船と落ち合うのは六つ（六時頃）である。

六平太と三治が万年橋《まんねんばし》に近い小名木川《おなぎがわ》の畔《ほとり》に立つと、間も無く一艘《そう》の屋根船が岸辺に横付けされた。

六平太と三治が、舳先《へさき》から乗りこんだ。

「お待ちしてましたよ」

声を掛けた山左衛門の横で、内儀のおかねと娘の登世が笑顔で会釈をした。

船の中には、『飛驒屋』出入りの棟梁《とうりょう》や、普段から親しい商家の一家がいた。

「ご一党様にはお初にお眼《め》に掛かります。こんち御招きに与《あずか》りました、果報者の初音《はつね》亭《てい》三治でございます。見回せばなんと、恵比寿《えびす》様やら弁天《べんてん》様まで乗り合わせてお出《い》でのようで、まさに宝船でございますな」

船中を一気に和ませた三治は、旧知の間柄のように棟梁の横に座りこんだ。

大川に出た屋根船が、舳先をゆっくりと上流へと向けた。

船べりに凭《もた》れた六平太が、西日の赤みが次第に失《う》せていく川辺に眼を遣《や》った。

川端にぽつぽつと明かりが灯《とも》るころの大川端を、六平太は大いに気に入っている。

天保二年（一八三一）の大川の川開きは、例年通り五月二十八日に済んでいた。

川開きの夜は例年、川は船で、河岸《かし》や橋は人でごった返す。

夜空には大花火が打ち上がり、歓声や怒号、船で打ち鳴らされるお囃子《はやし》で、風情もなにもあったものではない。

それから一月ほどが経った大川には幾艘もの船が涼を求めて浮かんでいたが、川開きの喧騒《けんそう》はなく静かで、かえって趣があった。

「花火は如何《いかが》ですか。金一分で打ち上げさせていただきます。花火は如何ですか」

納涼船の間をちょろちょろ漕《こ》ぎまわっている小船から男の声がした。

大花火が打ち上げられるのは川開きの当日だけである。

川開きに来られなかった連中にせめて花火の風情をと、小ぶりの花火を打ち上げる花火船だった。

七月になって二日だが、季節はすでに秋である。

『飛騨屋』の船の中でどっと笑い声が湧《わ》きあがった。

山左衛門はじめ、おかねや登世たちが、噺家の三治の小話に相好を崩していた。

「秋月様、こちらの三治さんは世の中の面白おかしいことをよくご存じで」

笑いをこらえるように、おかねが口を手で押さえた。

「頃合いだ。お登世、皆さんに弁当を」

山左衛門が笑いの残る顔で言うと、

「わたしもお手伝いを」

三治が腰を上げて、甲斐甲斐《かいがい》しく登世を手伝いはじめた。

料理屋に誂《あつら》えさせた弁当が配られ、盃《さかずき》や提重《さげじゅう》の酒器も置かれた。

ときどき、ポンと、遠くで花火の音がした。

「秋月様、実はね」

弁当を食べ終わったころ、六平太の横に座った登世が囁《ささや》いた。

「吉三郎《きちさぶろう》のことはご存じよね」

登世の婿だった男の名前だ。

だが、登世の勘気にふれ、吉三郎は離縁となった。

「わたしは見掛けたことはないのだけれど、吉三郎がどうも、ときどき木場辺りに姿を見せてるらしいの」

六平太は吉三郎を見たことがあった。

蛍狩りに出掛けるというおかねと登世母娘の付添いで、日暮里《にっぽり》にある『飛驒屋』の別邸に迎えに行った時、吉三郎が現れたのだ。

復縁を訴えた吉三郎の様子には、未練まじりの執着があった。

「困ったものね」

登世がため息をついた。

遠くで、花火の弾《はじ》ける音がした。

浅草御蔵一帯はとっぷりと日が暮れていた。

『飛騨屋』の屋根船は半刻《はんとき》(約一時間)ばかり竹屋の渡し近くで留《とどま》った後、大川を下った。

「御蔵近くに船をつけますから、秋月様と三治さんはそこで」

山左衛門が気を利かせてくれた。

浅草御蔵近くの河岸に着くと、六平太と三治は屋根船から岸に移った。

「本日はお招きに与《あずか》りまして」

岸を離れる船に向かって、三治が何度も腰を折った。

六平太と三治は、屋根船が暗がりに消えるまで見送ると、元鳥越の方へと足を向けた。

二人が住まう市兵衛店までは歩いてもすぐである。

「いやぁ秋月さん、『飛騨屋』の皆さん、いい人たちでしたねぇ」

「そう言ってくれると、声を掛けた甲斐があったってもんだ」

「変に気を遣うこともない上に、わたしまでお大尽気分ですよ」

「その上祝儀までだろ?」

「一両（約十万円）ですよ。参ったなぁ」

三治が、掌《てのひら》をとんと額に打ちつけた。

六平太も祝儀をもらったが、紙包みの中はおそらく二分（約五万円）とみた。

噺や踊りを披露した分、三治の方が分がよかった。

「秋月さん、『飛驒屋』さんで何かありましたら、また是非ともお声を」

三治が六平太を見て、揉《も》み手をした。

「分かったよ」

生ぬるさの抜けた心地よい風が、通りを吹き抜けた。


バタバタと、鳥の飛び立つ羽音で眼が覚めた。

眩《まぶ》しげに眼を細めた六平太が、朝陽《あさひ》に輝く障子を開けた。

市兵衛店の一帯は朝陽に包まれていた。

時刻は六つ半（七時頃）くらいだろう。

市兵衛店は、平屋の三軒長屋と二階建ての三軒長屋が路地を挟んで向かい合っていた。

六平太の家は二階建ての一番端である。

寝間にしている二階からの眺めはいいのだが、路地の話し声や物音が湧き上がるように耳に届く。

　半刻ばかり前、道具箱を鳴らしながら出掛けて行ったのは大工の留吉《とめきち》だ。すぐ後に鈴の音を立てながらどぶ板を踏んで行ったのは大道芸人の熊八《くまはち》だった。

「熊八さん、お稼ぎよ」

　大家の孫七《まごしち》の女房の声を、布団の上でうつらうつら聞いた。

　伸びをして窓辺を離れた六平太は、階下に降りて手拭《てぬぐい》を摑《つか》むと、路地の奥の井戸端に出た。

　顔を洗い口をゆすぐ、いつもの朝である。

　家に戻るとすぐに着替えて、刀を摑んだ。

　朝餉《あさげ》を摂《と》ろうにも残り物がなく、出先の一膳飯屋《いちぜんめしや》に飛び込むことにした。

「おや、もうお出掛け？」

　留吉の家の中から、女房のお常《つね》の声がした。

「たったいま見えてね、起きるのを待っておいでだったんですよ」

　六平太が路地で足を止めると、框《かまち》に掛けていた博江《ひろえ》が小さく頭を下げた。

　仕事先に行く前に立ち寄ったようだ。

　博江が奉公する代書屋『斉賀屋《さいがや》』は浅草御蔵前、元旅籠町《もとはたごちょう》である。

「あの、お話が」

博江が腰を上げた。

「もしなんなら、道々伺いたいが」

「道々って、秋月さんはどちらに」

「市兵衛さんのとこだよ」

「あぁ」

お常が頷《うなず》いた。

鳥越明神から浅草御蔵に通じる表通りには人の往来があった。

棒手振《ぼてふ》りやお店《たな》の奉公人たちが足早に行き交い、荷を積んだ車が車輪の音を立てて通り過ぎた。

「あの、これを」

通りに出てすぐ、博江が懐から見覚えのある手絡《てがら》を出した。

「昨日、代書屋の用事で浅草に行きましたら、古着の仕立て直しを届けた帰りの佐和《さわ》さんにお会いしまして」

佐和は浅草の火消し、音吉《おときち》の女房になった六平太の妹だ。

この四月、佐和は勝太郎《かつたろう》という男の子を産んだ。

しばらくは生まれたばかりの勝太郎に掛かりきりだったのだが、近頃はまた浅草田町の古着商『山重《やましげ》』の仕立て直しを請け負うようになっていた。

「あら、その手絡は」

佐和が博江の髪を見て、思わずそう口にしたのだという。

博江が、六平太から貰《もら》ったのだと言うと、

「兄が――」

佐和が戸惑ったような笑みを見せた。

「それで、もし、なにか曰《いわ》くのあるものならお返しした方がいいのではと思いまして」

博江が、手絡を六平太に差し出した。

「いや、なにも曰くなどはないのです」

以前、付添いを頼まれた小間物問屋の女主《おんなあるじ》に押しつけられた手絡だった。

佐和にも断られた末、博江に受け取ってもらった一品である。

「もしお嫌なら、引き取りますが」

六平太が遠慮気味に声を掛けると、

「いえ、何も嫌ということではないのです」

博江は俯《うつむ》いたまま、手絡を持った手を引っ込めた。

浅草御蔵前で博江と分かれた六平太は、鳥越橋を渡った。

市兵衛店の家主、市兵衛の家は福井町《ふくいちょう》の小路の奥にあった。

「ほほう、二分ですな」

市兵衛が、庭先に立った六平太を大仰に感心して見た。

『飛驒屋』にもらった祝儀のお陰である。

「金がある時に返しておかないと。稼ぎは水ものですからね」

「いやぁ、いい心がけですな。感心感心」

手にしていた二分を袂《たもと》に落とすと、市兵衛は帳面を開いた。

返済が滞ったり遅れたりすれば、その眼が途端に吊《つ》り上がることを六平太は身に沁《し》みて知っていた。

十一年ほど前、六平太は市兵衛から三十両を借りていた。

秋月家はいわれのない謀反の疑いを掛けられて主家を追われた。

父が腹を切って死に、後添えに入った多喜《たき》と連れ子の佐和、そして六平太は元鳥越の市兵衛店で暮らし始めた。

借金は浪人となった六平太が、江戸の盛り場を転々としながら放蕩無頼《ほうとうぶらい》の日々を送っていた時のものだ。

その後、付添い屋稼業で稼ぐようになって月々返済するようになったが、借り足しもあって、未《いま》だに残債があった。

「秋月さん、残りは、おぉ、九両を切って八両と三分二朱になりましたよ」

市兵衛が、算盤《そろばん》を弾いた。

「ではわたしはこれで」

六平太が庭を去りかけると、

「代書屋の『斉賀屋』に行っておいでの博江さんとはお会いになりますか」

市兵衛が声を掛けた。

「ま、たまに」

六平太は、さっき会ったことを伏せた。

「この前『斉賀屋』の梶兵衛《かじべえ》さんに会ったんですが、博江さんには大助かりだと言ってましたよ。何ごともしっかりしているそうです。仕事がら、きちんきちんとしてないといけませんからねぇ」

代書屋は文字を書けない者の文の代筆もするが、商取り引きの証文、雇用の身元引受の請状、公事方の訴状までも引き受ける。

武家の妻で、その上性格が律儀な博江には合った勤め先と言えた。

「これから行くところがありまして」

市兵衛の話が続きそうな気配になって、六平太は慌てて辞去した。

市兵衛の家の格子戸を出て、浅草御門の方に歩き出した時、

「兄上」

背後で声がした。

かつかつと下駄の音を立てた佐和が足早に近づいて来た。

「元鳥越に行ったら、お常さんが市兵衛さんのところだと」

「どうした」

「これからどちらへ？」

「神田の口入れ屋だ」

「少しお話が」

市兵衛の家近くで立ち話をするのも気が引けて、六平太は佐和の先に立った。

「博江さんに手絡をおあげになったのは、どういうことなのでしょう」

神田川の畔に着くなり、佐和が問いかけた。

「いやあれは」

「おあげになったことをどうこう言っているのではないのです。ただ、肌身につけるものを女の人に渡すというのは、つまり、よほど思いがあるとか、その、親密な間柄でないと――」

佐和が、後の言葉を飲んだ。

「いや、ただ、おれが持っていても仕様がないからな。それでつい」

六平太はうろたえた。

博江は、六平太が以前付添いをした侍の妻女である。

家を失い、一人身になった博江は、死んだ夫に付添ったという縁だけで六平太を頼って来たのだ。

「兄上は、女の人について前々から無頓着《むとんじやく》なところがありますから、気をつけた方がいいと思います」

佐和の忠告はいつもながら胸に突き刺さる。

博江が見せた戸惑いは、六平太の無頓着によるものだろうか。

口入れ屋『もみじ庵《あん》』のある神田岩本町《いわもとちよう》は、神田川に架かる和泉橋《いずみばし》に近い南側にある。

西南には大小のお店がひしめきあっているが、『もみじ庵』の近隣には小ぶりな武家屋敷が軒を連ねていた。

佐和と別れた六平太は、急ぎ『もみじ庵』へと飛び込んだ。

「明日、おいで願いたい」

『もみじ庵』の親父《おやじ》、忠七《ちゆうしち》の使いが昨日来て、六平太にそう告げていた。

「急なんですがね秋月さん」

六平太が入るなり、忠七が言った。

「富士詣《もうで》の付添いなんですよ」

「断る。高い山に登れる自信はねぇよ」

江戸の高台に立てば、晴れた日など、はるか遠くに富士の頂が見えることがある。

高さはどれほどか定かでないが、日本一高い山だということは知っている。

ははは、忠七が声を出して笑った。

「富士は富士でも、富士塚ですよぉ」

江戸やその近辺に数多《あまた》ある富士塚の一つに行く人の付添いだった。

富士の山開きは六月一日である。

「山開きに合わせてどっと繰り出す連中もいますが、今度のご依頼は七月五日です」

『富士講』と記された揃《そろ》いの法被《はっぴ》を着た連中が、江戸の町を行き交う姿は六平太も毎年見て知っている。

富士山は、駿河《するが》、甲斐《かい》の国にまたがっている。

遠出に自信のない者、江戸を留守に出来ない者、それに女子供のために、江戸には百を超す富士塚があると聞いたことがある。

「頼みにいらしたのは、日本橋南鍛冶町《みなみかじちょう》の青物問屋『加島屋《かしまや》』のお内儀でしてね」

帳面を開いた忠七が、六平太に告げた。

南鍛冶町なら、近場に神田明神の神田富士、築地《つきじ》には鉄砲洲《てつぽうず》富士、小網町《こあみちょう》には小網富士があった。

「そこなら女子供だって、付添いなしでも行けそうじゃないか」

「ともかく、仔細《しさい》は先方に行って聞いて下さいまし」

忠七は、半ば押しつけた。

手数料の取れる仕事は、なにがなんでもものにしようという商魂だ。

二

『もみじ庵』を出た六平太は、日本橋を目指した。

日本橋を南へ渡ると広小路があり、橋の袂に高札場《こうさつば》があった。

近くには魚市場などがあって、棒手振りや川船人足たちがせわしく交差していた。

まっすぐ南西に向かっている通りは東海道である。

寸刻で京橋に着いた六平太は、橋の手前を西へ折れた。

京橋川に架かる京橋と仲ノ橋の間の北側が大根河岸《だいこんがし》と言った。

日本橋、京橋一帯は水運が良く、河岸と名のつく場所がいくつもある。

青物問屋『加島屋』は、南大工町《みなみだいくちょう》、畳町《たたみちょう》など、職人町に囲まれた一画にあった。

荒川の上流や上総《かずさ》はもとより、目黒、荏原《えばら》辺りからの船が着く大根河岸は、青物問屋には都合のよい場所のようだ。

「神田の口入れ屋から来たんだが」

六平太が店先で声をかけると、

「旦那《だんな》さんの用かも知んねぇ。裏に回っておくんなさい」

棒手振りや小商いの者を相手にしていた男が、頭の後方を指さした。

六平太は、小路の奥にある勝手口から中に入った。

「付添い屋さんですね」

小さな庭に面した縁に、四十半ばに思える女が立った。

店の者から話が通っていたようだ。

「ま、お掛けになって」

六平太が縁に掛けるとすぐ羽織姿の男が来て、女の脇に座りこんだ。

女と似たような年格好だが、顔は浅黒く頑丈そうな体格をしていた。

「『加島屋』の幸之助《こうのすけ》でございます」

羽織の男が『加島屋』の主だった。

「女房が付添い屋さんを頼んだようで」

幸之助が、横に座った女を見た。

「『もみじ庵』に聞いたところでは、富士塚への付添いだとか」

「そうなんですよ」

女が大きく頷いた。

行き先は、豊島《としま》郡徳丸《とくまる》ヶ原《はら》だった。

下赤塚の諏訪《すわ》神社の境内に浅間《せんげん》神社を祀《まつ》った富士塚があるという。

日本橋から四里半（約十八キロ）ばかりの道のりである。

「おいでになるのは、お内儀お一人で？」

「いえ、富士詣に行くのはわたしじゃありません。うちの人なんですよ」

女房が幸之助を手で指した。

「こう言ってはなんだが、見るからに丈夫そうな旦那に付添いが要るとも思えないが」

「だから言ったろう松乃《まつの》。こちら様もご不審だよ」

松乃というのが女房だった。

「わたし一人で大丈夫だ」

「いいえ」

松乃が幸之助を見てきっぱりと言い切った。

そしてすぐ六平太を向くと、

「以前は早立ちして、その日のうちに戻って来ていたんですよ。向こうで泊まるにしてもせいぜい一日」

ところが、この三、四年、幸之助が富士塚に行った先で体調を崩すことが続いたという。

二日も三日も旅籠《はたご》で寝込んだというのだ。

「去年などは五日も」

松乃が、渋い顔を幸之助に向けた。

「ですから、行き帰りに用心が要ると思いましてね」

『加島屋』の奉公人は手一杯で、幸之助に同伴させる訳にはいかないのだという。

「おや、お客様ですか」

表の方から現れたお店者らしい若い男が、六平太を見た。

「今年の下赤塚には、なんとしても付添いをと思ってね」

松乃が、若い男を振り向いた。

「伯父さん、今年も富士詣ですか」

「五日からなんだよぉ」

松乃が顔をしかめた。

「富次郎《とみじろう》さん、留守中は松乃が心配ですから、顔を出してやってくださいよ」

富次郎という若い男に、幸之助が丁寧な口を利いた。

「だけど伯父さん、富士塚に行くたんびに具合が悪くなるってことはないでしょう」

「まぁそうだがね」

幸之助が小さく微笑《ほほえ》んだ。

六平太は、幸之助の付添いを請け負った。


下赤塚の富士塚に付添う日、空は朝から晴れあがっていた。

六平太は、幸之助のすぐうしろから付いて歩いていた。

本郷から先の道は、下赤塚へ通い慣れている幸之助に任せることにした。

六平太と幸之助が、松乃に見送られて日本橋の『加島屋』を出たのは、早朝七つ半（五時頃）だった。

幸之助は着物の裾《すそ》を帯に挟んで端折り、六平太は紺の着物に白鼠《しろねずみ》の野袴《のばかま》を着けた草鞋《わらじば》履きである。

幸之助は饅頭笠《まんじゆうがさ》で、六平太は菅笠《すげがさ》で陽射《ひざ》しを避《よ》けた。

「この十年、富士詣を続けていましてね」

幸之助が口を開いた。

「最初は十年前で、近所の富士講の人に誘われたのですよ」

翌年は自分の用事と富士講の日程がかみ合わず、幸之助は一人で出掛けた。

「それ以来、なんだか一人でお参りするのが気ままになりまして」

幸之助が、六平太に笑顔を向けた。

旅人や行商人、荷車を引く人足たちで活気のある板橋宿を通るころ、朝日が二人の背後から照りつけた。

「富士詣に霊験はあるのかな」

「それは、人それぞれがどう思うかでしょうね」

嫌な顔もせず、幸之助が六平太を振り向いた。

「眼根、耳根、鼻根、舌根、身根、意根の六根清浄《ろっこんしょうじょう》を唱えれば福徳を得られると言われております。そのうえ、日本一の山に登ったという喜びを味わえば、それはそれで霊験と言えなくもありません」

幸之助が晴れやかに言った。

幸之助に体調を崩すような様子は見られない。そのうえかなりの健脚で、付添いが要るほどのことはないように思えた。

豊島郡徳丸ヶ原に着いた時、日はかなり上がっていた。

日本橋を出てから二刻（約四時間）以上が経っていた。

徳丸ヶ原は幕府の天領で、将軍家の鷹狩《たかが》り場である。

名の通り、草地や畑地が広がり、所々に百姓家や雑木林があった。

「あそこですよ」

幸之助が指をさした先に、ひと際高い木立がこんもりと茂っていた。

木立の隙間《すきま》に社殿の屋根が望めた。

諏訪神社門前は、江戸の門前町に比べるとささやかな佇《たたず》まいだった。

小さな旅籠が二軒、食べ物屋や茶店、土産物屋がひっそりとあるだけで賑《にぎ》わいはない。

「富士塚は諏訪神社の境内にあるのですよ。秋月さんもお参りしませんか」

幸之助に誘われて、六平太は後に続いた。

境内を奥に進むと、行く手に高さ三間（約五・四メートル）ばかりの小山が見えた。

山頂に見える社が、富士山の頂きに祀られているのと同じ浅間神社である。

他の三、四人の参拝者に交じって、上り下り五十歩ほどの参拝を済ませた。

あまりにもあっけない富士詣だった。

「何か口に入れましょうか」

幸之助が、諏訪神社の鳥居前の茶店へと六平太を案内した。

「こりゃ、今年もお参りで」

茶を運んで来た、六十ばかりの店主が幸之助に会釈した。

幸之助は蓬餅《よもぎもち》を、六平太は煮物のついた飯と味噌汁《みそしる》を頼んだ。

「置かせて貰いますよ」

日に焼けた四十ばかりの百姓が入って来て、草鞋や笠の置かれた近くに犬や馬を模した藁細工《わらざいく》を並べ始めた。

茶店といいながら、食べ物もあり、片隅には土産物も置いてあった。

幸之助が声を掛けると、百姓が笑顔で会釈した。

「精が出るね」

「顔が広いね」

幸之助が笑顔で茶を啜《すす》った。

「毎年来てますとね」

細工物を置いた百姓が、もう一度幸之助に会釈をして出て行った。

神社仏閣近くの土産物屋には、近隣の百姓が作ったものが並ぶことがある。

藁細工、竹細工、こけしなど、冬場、畑仕事の出来ない百姓が手慰みに作った物が売られていることもある。

「この分なら、日暮れには江戸に戻れるねぇ」

六平太が、日に輝く茶店の外を見た。

「いえ。秋月様にはお一人でお帰り願いたいのです」

「一人とは――」

「わたしは、ここで少し用がありまして」

「待ちますよ」

「三、四日はかかる用でして」

店の外に顔を向けた幸之助が、こともなげに言った。

「だが、付添いが一人で帰っちゃ、おれがお内儀になんと言われるか」

「身体《からだ》の具合が悪くなって寝込んだと言って下さい」

「しかし」

「そうですな。秋月様には、五日ばかりして、この茶店に来ていただきましょう」

幸之助の様子にはなんの惑いもなく、六平太に笑顔を向けた。


幸之助を残して茶店を出た六平太は、半町（約五十四・五メートル）ばかり行ったところで足を止めた。

百姓が茶店に置いて行った藁細工を思い出した。

甥《おい》の勝太郎に犬の藁細工を土産にしようと思い立った。

犬のように丈夫で元気な男に育ってほしい伯父としては、恰好《かっこう》の土産だと思える。

急ぎ引き返した時、店に幸之助の姿はなかった。

犬の藁細工を買った六平太が茶店の表に出た時、眼の端にふっと人影を捉《とら》えた。

向かいの旅籠の裏手に広がる畑地の道に、幸之助の後ろ姿があった。

幸之助が向かう先に、雑木林に囲まれた百姓家が三、四軒見えた。

幸之助の用は、あの辺りにあるのだろうか。

六平太は深く思案もせず、諏訪神社門前を後にした。


夕刻の護国寺《ごこくじ》門前が西日に染まっていた。

日が沈むまで、まだ半刻（約一時間）という頃合いだった。

徳丸ヶ原の帰り、六平太は音羽《おとわ》に立ち寄ることにした。

行きとは違う道だが、遠回りになるほどではない。

以前は足繁《あししげ》く音羽に通っていたのだが、このごろは、何かのついでがないと足が向かないようになっていた。

門前から音羽九丁目、桜木町へ通じる大通りから、西に入ると南北に走る小路がある。

六平太は小路を南へと下った。

八丁目に近づいた時、居酒屋『吾作《ごさく》』から出て来た八重《やえ》が、

「あら、秋月様」

久しぶりに顔を合わせたせいか、びっくりしたように眼を丸くした。

「帰りかい」

「はい」

明るいうちだけ『吾作』で働く八重の退《ひ》け時だった。

「ごゆっくり」

八重は微笑んで、九丁目との境の路地を大通りへと曲がって行った。

居酒屋『吾作』は、もともと吾作という偏屈な親父がやっていた。

八重はその時分から『吾作』で働いていた。

二年ほど前、主の吾作が護国寺界隈《かいわい》で悪さをしていたならず者に殺された後、八重の養母のお照《てる》が居酒屋『吾作』を引き継いでいた。

六平太は、縄暖簾《なわのれん》を割って『吾作』に入った。

中は、仕事帰りの人足や出職《でしょく》の連中で七割方埋まっていた。

「あら、おいでなさい」

料理の皿を運んでいたお照が六平太に気付いた。

「奥が空いてます」

お照が片手で指した。

「酒と、肴《さかな》は任せるよ」

お照に言って奥に向かいながら、板場の菊次《きくじ》に眼を向けた。

焼き物を作っていた菊次は六平太に眼を向けることなく、軽く口を尖《とが》らせたまま、顎《あご》だけで会釈した。

「菊次の奴、機嫌でも悪いのかい」

六平太が、酒を持ってきたお照に聞くと、

「この一日二日、そうなんですよ」

小声で頷くと、お照は六平太の傍《そば》を離れた。

菊次はもともと、護国寺、音羽界隈の治安を担う毘沙門《びしゃもん》の甚五郎《じんごろう》の身内だったのだが、お照が引き継ぐと知って、『吾作』の板場に身を転じたのだ。

「やっぱりこちらでしたね」

六平太が銚子《ちょうし》を一本空にしたころ、甚五郎が顔を出した。

客が何組か入れ替わっていた。

「お酒ですね」

「あぁ、頼むよ」

甚五郎がお照に頷いた。

「うちの者が、門前で秋月さんを見掛けたと言うもんですから」

六平太の向かいに掛けた甚五郎が微笑んだ。

「下赤塚の富士塚に付添った帰りでね」

「結構な道のりでしたねぇ」

酒が来て、一、二杯酌み交わした後、

「菊次の奴、どうも機嫌が良くないようだ」

六平太が小声を出した。

「わけは分かってます」

甚五郎が、顔を少し近づけると小声で答えた。

「『瀧《たき》のや』の若旦那の清寿郎《せいじゅろう》さんは御存じでしょう」

六平太も何度か顔を合わせたことがある。

小唄《こうた》の師匠をしているお照は、前々から、弟子たちの温習会を『瀧のや』で開いていた。

そんな縁もあって、清寿郎が『瀧のや』の料理人、田之助《たのすけ》を『吾作』に差し向けてくれたのだ。

田之助の元で修業を積んだ菊次が、この春から一人で板場を仕切るようになっていた。

「ついこの前、清寿郎さんに嫁取りの話が持ち上がったんですがね」

甚五郎が、更に声を低くした。

清寿郎の父親が、八重の名を口にしたという。

「お照さんも八重ちゃんも、菊次には話してないと言います。どこからどう流れたのか、噂《うわさ》が菊次にも届いたようです」

甚五郎が昨日、町中で会ったお照に、清寿郎の嫁取りのことを聞くと、

「わたしも八重も、余りの事になんだか大笑いしてしまいましたよ」

そう返事をしたという。

菊次の胸中はきりきりと疼《うず》いているに違いない。

「菊次がお八重ちゃんに思いを抱いているってことを、わたしがお照さんに言ってもいいんですが、それが洩《も》れるとかえって菊次を拗《す》ねさせる心配もありましてね」

甚五郎の思いは、六平太も同感だった。

「こんな時、おりきさんが居てくれりゃぁ、女の知恵を借りられるんですがねぇ」

しみじみ口にして、甚五郎が盃を呷《あお》った。

おりきは、小日向水道町《こびなたすいどうちょう》に住んでいた廻《まわ》り髪結《かみゆ》いだ。

十年も前から六平太が馴染《なじ》んでいた、いわば情婦だった。

そのおりきが、音羽からも、六平太の前からも忽然《こつぜん》と姿を消して一年近くが経つ。

六平太とおりきの間に諍《いさか》いがあったわけではない。

今にして思えば、時々ふっと虚《うつ》ろな様子を見せたことはあった。

六平太との仲に飽いたものか、他に何か訳があったものか、六平太は未だに分からない。

「親方、菊次のことはしばらく様子を見ましょうや」

甚五郎が、苦笑いを浮かべて小さく頷いた。

三

居酒屋『吾作』で半刻近く過ごした後、江戸川橋で甚五郎と別れた六平太は牛込《うしごめ》の坂道を上がった。

日本橋の青物問屋『加島屋』に行くには、外堀に出た方が近い。

市ヶ谷御門の辺りは黄昏時《たそがれどき》で、一帯の武家屋敷は黒々と静まりかえっていた。

田町一丁目の小道を抜けて堀端に出た六平太の足がふっと止まった。

堀端の通りに、三、四人の侍の塊が二つ、四、五間の間合いで向き合っていた。

市ヶ谷御門側の塊が進もうとすると、牛込御門側の連中が行く手を阻むように横に広がった。

「邪魔をするな。通せ」

「通りたければ通ることだ」

牛込御門側から挑発するような声がした。

邪魔をしている連中の顔に、馬鹿にしたような笑いが浮かんだ。

市ヶ谷御門側の侍への嫌がらせだということは見て取れた。

突然、市ヶ谷御門側の一人が道の端から突破すべく走ると、相手の一人が刀の柄に手をかけて行く手を阻んだ。

「中山《なかやま》、抜くなよっ！」

仲間の声に、走り出した侍が立ち止まった。

牛込御門側の四人が、刀に手をかけていつでも抜ける態勢で腰を落とした。

険悪な空気が漲《みなぎ》った。

六平太が、眼を凝らした。

月明かりが次第に冴《さ》えて、あらわになった市ヶ谷御門側の三人の顔に見覚えがあった。

六平太がときどき顔を出す、四谷の立身《たつみ》流相良《さがら》道場の門人たちだった。

六平太が笠を取りながら、睨《にら》み合う両者の間に割り込んだ。

「秋月様」

坂田《さかた》という、相良道場の門人が驚きの眼を向けた。

連れの二人がほっとしたように六平太を見た。

「浪人、お主はなんだ」

牛込御門側の一人が居丈高に凄《すご》んだ。

「天下の往来を、誰の邪魔もされずに通りたい浪人だ」

六平太の落ち着き払った物言いに、相手の四人は刀に手をかけたまま動けなくなった。

「どうする。通すのか通さんのか」

六平太が、凄みを利かせた。

「ま、今日のところは大目にみてやる」

三十ばかりの年長の男が市ヶ谷御門の方に向かって歩き出すと、連れの三人があとを追った。

「なにがあったんだ」

六平太が三人を見回した。

「あやつら、少し前から相良道場を眼の敵にしておりまして」

坂田が言うと、あとの二人も相槌《あいづち》を打った。

先刻の侍どもは、相良道場にほど近いところにある大名家下屋敷の連中だという。

道場帰りの三人をつけてきて、先刻の仕儀となったようだ。

「事情をお話ししますと」

「いや、それはまたのことにしよう」

六平太が坂田を押しとどめると、

「これから行く用事があるのでな」

六平太は、笠を手にしたまま市ヶ谷御門の方へと歩き出した。


京橋の表通りはすっかり暮れて、お店の多くは大戸を下ろしていた。

道を一本中に入ったところにある青物問屋『加島屋』の戸も固く閉ざされていた。

「秋月だが」

勝手口に回った六平太が、母屋の玄関から声を発した。

やがて、奥から松乃が姿を見せると、六平太が一人と知って眼を見張った。

「実は、富士塚に参った後、ご亭主は俄《にわか》に具合を悪くして、近くの旅籠に入られた」

松乃に声がなかった。

「医者が、三、四日寝れば治るというので、お知らせかたがた一人立ち戻った」

幸之助に言われた通りのことを伝えた。

「富士塚に行くたんびに身体を壊してちゃ、御利益もなにもあったものじゃない」

ため息を洩らして、松乃がその場に座りこんだ。

幸之助の嘘《うそ》の片棒を担いだ六平太の胸が、ちくりと痛んだ。

「うちの人は、本当に旅籠に泊まってるんですね」

松乃が抑揚のない声を出した。

「そうだが」

六平太は見ていないが、そう言うしかなかった。

松乃が、両肩を落として細い息を吐いた。

「五日後、迎えに行くことになっているので帰りはご心配なく」

六平太は逃げるように玄関を出た。


下赤塚から戻った翌々日の午前、空は今にも泣き出しそうな雲行きだった。

傘を持って行こうか迷った挙げ句、六平太は勝太郎への土産だけを手に元鳥越を出た。

昨日は、浅草御蔵近くの按摩《あんま》、玄哲《げんてつ》のところに行って、両足を丹念に揉みほぐしてもらった。

それで身体がすっかり緩み切って、その日は家でだらだらと過ごした。

「おや、佐和さんのお兄さん」

表通りから浅草聖天町《しょうでんちょう》に足を踏み入れると、顔見知りになったおかみさんから声が掛かった。

「また甥っ子の顔を見にお出でだね」

六平太が、目尻《めじり》を下げて小路に曲がった。

「鳥越のおじちゃん」

下駄屋の娘と道端で足ごき遊びをしていたおきみが、六平太に手を振った。

「おっ母《か》さんはいるかい」

「勝坊と田町の『山重』さんに行ったよ」

おきみは、佐和の亭主、音吉と死んだ先妻の間に出来た娘である。

音吉の後添えになる前から、おきみは佐和に馴れ親しんでいた。

「これはおきみちゃんに。こっちは勝太郎に土産だ」

六平太が、諏訪神社の茶店で買った飴《あめ》をおきみに持たせた。

「ありがとう。おたまちゃんと一緒に舐《な》める」

おきみは、下駄屋の娘と顔を見合わせて笑みを零《こぼ》した。

「犬の藁細工は勝坊ね」

「あぁ。おきみちゃんからやっておくれ」

「わかった」

おきみが、大きく頷いた。

笑みを残して、六平太が踵《きびす》を返した。
「また来てね」
背中でおきみの声を聞いた六平太は、ひょいと片手を上げた。
大川橋西の袂を通り過ぎる頃、ぱらぱらと細かい雨が落ちた。
思わず足を速めたが、降ったのはほんの一瞬で、雨は途切れた。
浅草御蔵が見えてきた時、六平太は足を緩めた。
この先の元旅籠町に代書屋の『斉賀屋』があることに気付いた。
行く時はなんの気なしに通り過ぎたが、『斉賀屋』には博江が奉公している。
博江にやった手絡のことで、佐和に窘《たしな》められたことを思い出した。
六平太は正覚寺《しょうかくじ》の先で小路に入り、道を替えた。
裏通りの小路を幾つか曲がって、六平太は元鳥越に戻った。
「神田の『もみじ庵』から使いが来ましたよ」
市兵衛店の門を潜《くぐ》った途端、大家の孫七に呼びとめられた。
『もみじ庵』の用件は、青物問屋『加島屋』に急ぎ行くようにとのことだった。
いやな予感がしたが、ともかく京橋へと急いだ。
「付添い屋さん、いったいどういうことですか」

『加島屋』の母屋の縁に突っ立った松乃の眼が吊り上がっていた。

着いた早々、庭先で罵声《ばせい》を浴びせかけられ六平太は戸惑った。

いきり立った松乃の足元に座りこんでいる富次郎までもが、六平太を恨めしげに見ていた。

「あの、いったい」

六平太が、やっとのことで声を出すと、

「これですよこれ」

松乃が、手にした文をぱさぱさと打ち振った。

一刻ばかり前、幸之助から届いた文だという。

「もしかしたら、もう江戸には戻らないかも知れないなんて書いてあるじゃありませんか！」

それには、六平太も声がなかった。

〈万一の時は、かねてから松乃が望んでいた通り、富次郎を養子として青物問屋『加島屋』を盛り立ててもらいたい。また、付添い屋の迎えは不要〉

松乃が喚《わめ》き立てた文の内容だった。

「付添い屋さん、向こうでなにがあったんですか」

「いや、身体の具合を悪くしたほか、格別なにということは」

嘘の筋立ての詳細を考えていなかった六平太は必死に取り繕った。

「戻らないかも知れないなんて、そんなに具合が良くないってことですか」

「いや、その」

「まるでもう今生の別れのような文じゃありませんか。付添い屋さん、どうして一人のこのこ帰って来たんですかっ」

「依頼主に言われれば、従うよりなく」

六平太の声は歯切れが悪かった。

「わたしが養子になること、伯父さんは反対してたからね」

口を尖らせた富次郎が、拗ねたような物言いをした。

「それが通らないと知って、臍《へそ》を曲げて、この店を放《ほう》りだす気になったに違いないよ」

「わたしのせいだって言うのかい」

「そうは言わないけど」

松乃に睨まれて、富次郎が首をすくめた。

「付添い屋さん、うちの人は本当に寝込んでるんですねっ」

松乃が六平太を射竦《いすく》めるように見た。

「正直にいいましょう」

これ以上は誤魔化し切れまい。

「旦那は、下赤塚で用があるとお言いで、それで帰されたんですよ」

「用っていうのは」

「それは知りません」

「伯母さん、伯父さんの生まれ在所は向こうの方じゃなかったかい。荒川の方の新河岸《しんがし》とかなんとか」

「向こうにはもう身内は居ないと言ってたけどね。二十年も前に二親は死んで、家を継いだ兄さんは、田畑を人に貸して土地を離れたはずだよ」

松乃がその場に座りこむと、何か思いを巡らすように首を傾《かし》げた。

「うちの人が初めて富士塚に行ったのは、十年前だよ」

「青物町の千元屋《ちもとや》さんの富士講だろ？」

富次郎の言葉に、松乃が頷いた。

翌年から、幸之助が一人で富士塚に行くようになったことは六平太も聞いていた。

「うちの人は、富士講と日にちが合わないから一人で行くと言ったんだよ。だけど、富士講はいつも六月十日。家業に障りのある日じゃなかったんだけどねぇ」

思案する松乃の顔に微《かす》かに影が射した。

「富次郎、お前今すぐ下赤塚に行っておくれ」

「今すぐって」

「今日これから発《た》って、うちの人を見つけ出すんだよ」

「そんなとこ、わたしゃ行ったこともありませんよ」

「付添い屋さんが案内してくれますよ」

松乃が、有無を言わさぬような眼を六平太に向けた。

「しかし、身支度がある」

「住まいはどちらで」

「浅草、元鳥越だが」

「伯母さん、わたしだって身支度が」

富次郎が情けない顔をした。

「付添い屋さんと一緒に堀留《ほりどめ》に寄って、それから元鳥越に回ればいいじゃないか」

六平太は、富次郎と連れだって『加島屋』を出た。

朝方どんよりしていた空が、湯島《ゆしま》の坂を上る頃には晴れた。

途中、堀留の実家に立ち寄った富次郎の旅支度でかなりの時を食ったが、市兵衛店に寄った六平太の旅支度はあっという間に済んだ。

急げば夕刻には下赤塚に辿りつけるはずだが、富次郎の歩きっぷりに不安があった。

案の定、駒込《こまごめ》あたりで、はぁはぁと富次郎の息が上がった。

「昼餉もまだでしたから、どこか、その辺で休ませて下さい」

六平太が庚申塚《こうしんづか》の茶屋に案内すると、富次郎は床几《しょうぎ》にかけるなりがっくりと肩を落とした。

普段、身体を動かすことのない暮らしをして来たようだ。

富次郎は、堀留の通旅籠町《とおりはたごちょう》の旅籠『信田屋《しのだや》』の次男だった。

『信田屋』に嫁いだ松乃の実妹が、富次郎の母だということは、道々聞いた。

「急がないと、着くころは真っ暗になりますがね」

茶と団子を口にしても動こうとしない富次郎を、六平太が急《せ》かした。

板橋を過ぎても富次郎の足は重く、休み休み街道を進んで徳丸ヶ原に着いたのは、すっかり日の落ちた六つ半（七時頃）だった。

門前の茶店や食べ物屋は既に戸を締め、二軒の旅籠に明かりがあった。

「ものを尋ねるが、ここに江戸の幸之助というお人が泊まっていないかね」

六平太が、一軒の旅籠で聞くと、

「そういうお人はお泊まりじゃありませんな」

道を挟んで向かい側にあるもう一軒の旅籠でも尋ねたが、そこにも幸之助はいなかった。

幸之助探しは明日の事にして、二軒目の旅籠で宿泊することにした。

「しかし、伯父さんはどこに泊まってるんでしょうねぇ」

湯に浸《つ》かったあと、夕餉を口にし始めると、富次郎はすっかり元気を取り戻した。

下戸《げこ》だと言う富次郎はひたすら膳《ぜん》のものを口に入れ、六平太は煮物を肴に酒である。

「『加島屋』お内儀は、幸之助さんを疑ってお出でのようだが」

六平太の問いかけに、富次郎の手が止まった。

「実は以前、伯父さんには下赤塚の方に女がいるんじゃないかって、伯母さんに言ったことがあるんですよ」

富次郎が声を潜めた。

その時、松乃は鼻で笑ったと言う。

堅物で仕事一筋の幸之助は廓《くるわ》にも足を踏み入れたことはなかった。

「うちの人が、よそに女を持つ器量なんかあるもんですか」

松乃は富次郎に、そう断言していた。

「そういう人だからこそ、こっそり息抜きをするってこともありますからねぇ」

呟いた富次郎が、箸を動かした。

「幸之助さんの出はこっちの方だと言ってたね」

「土地の名は忘れましたが、もともとは、こっちの方から青物を江戸に運んでいた船頭だったらしいんですよ」

幸之助の働きぶりを大根河岸で見ていた『加島屋』の先代の主が気に入って雇い入れ、家付きの松乃の婿にした。

先代の死後、幸之助が『加島屋』を継いだのは十五年前だという。

だが、幸之助と松乃に子はなかった。

「富次郎さんが『加島屋』の養子になるのかい？」

「伯母さんは、どうでもそうすると言ってますけど」

言い出したのは松乃で、富次郎が強く望んでいるわけではないようだ。

「幸之助さんがそれに異を唱えていたのか」

「伯母さんから、そう聞いてます」

「そのわけは」

「わたしには、青物問屋を切り盛りする商才がないということらしいです」

別段恨みがましくもなく、富次郎は他人事《ひとごと》のように言った。

主となると、算盤を弾いたり、奉公人の差配は当然のことだが、青物問屋には別の能力も必要だった。

船頭や人足への気配りはもとより、小商いの連中との駆け引き、江戸から離れた所の作物の出来具合にまで眼を向けなければならない。

「そんな裁量をする器量がわたしにあるとは思えないんですがねぇ」

富次郎が軽くため息をついた。

それでも断れないのだと、富次郎が言った。

堀留の旅籠『信田屋』は、富次郎の兄が継ぐことになっている。

富次郎は他で商いを興すか、どこかの養子に行く定めだったが、幾つか舞い込んだ養子の話はことごとく破談となって、実家の『信田屋』では身の置き所のない有様だった。

富次郎はついつい、幼い時分から可愛《かわい》がってくれた松乃の所へ頻繁に通ったという。

そんな富次郎を不憫《ふびん》に思ったものか、跡継ぎのいない『加島屋』の行く末を思ったものか、

「富次郎はわたしが貰う」

松乃が妹夫婦に申し入れた。

富次郎の両親は、次男の行き場が決まって大いに安堵《あんど》したのだが、幸之助が難色を示したのだ。

「だけど、伯母さんは気の強いひとですから、伯父さんの意見に耳を貸そうともしないんですよ」

「なるほど」

「逃げ出したくなる伯父さんの気持ちも分かるだけに、わたしとしては悩ましいところでして」

他人事のように言うと、富次郎がぜんまいを口にした。

婿に入った幸之助は、家付きの女房のそばで息を詰めていたのだろうか。

四

チッチッチッ、キュルキュル、ツツピー。

いくつもの小鳥の声にまとわりつかれて、六平太は眼ざめた。

隣りの布団では、富次郎が小さな鼾《いびき》をかいていた。

六平太が起き出して、ほんのり白んでいた障子を開けると、朝の冷気がすっと二階の部屋に流れ込んだ。

諏訪神社門前一帯に薄い靄《もや》が這《は》っていた。

薄靄の向こうから、牛の声がした。

遠く離れた下赤塚は、江戸とは気候も物音も違っていた。

すっかり日が昇ったころ、六平太と富次郎は宿を出た。

門前の靄は晴れ、やわらかい陽ざしに包まれていた。

参拝の人が三人ばかり、諏訪神社の鳥居を潜って行った。

「あそこだ」

六平太が、鳥居近くの茶店に向かった。

「ありがとう存じました」

三日前、幸之助と入った茶店の主が道に出て、参拝に向かう老夫婦を送り出していた。

「ちと尋ねるが」

「あぁ、先日の」

六平太を振り向いた店主が、笑みを浮かべた。

「この前、おれと一緒に居た人を覚えているかい」

「えぇえぇ、毎年お参りに見えますからお顔はよく」

「その人を、あの後この辺りで見掛けなかったかねぇ」

「さぁ。江戸にお帰りじゃなかったので？」

「ん」

曖昧に唸《うな》った六平太が、傍らの富次郎を見た。

「では」

店主が店に戻って行った。

「心当たりはここだけですか」

「そうなんだ」

つるりと顎を撫《な》でて、六平太が辺りを見回した。

残った幸之助がその後もお参りに来ているとすれば、茶店の者に見られているはずだった。

もう一度見回した六平太の眼が、ふっと遠くを見た。

旅籠の脇の屋並みが切れた向こうに、朝日に輝く畑地があった。

畑地の曲がりくねった道を、迷うことなく歩いて行った幸之助の後ろ姿を思い出した。

「わたしは残って探しますが、富次郎さんはどうするね」

「どうって」

「今日一日で見つかるかどうか知れないし、なんなら江戸へ戻ってもいいんだよ」

「いいのでしょうか」

「こっちにゃ、付添い屋としての務めというものがありますからね」

富次郎の顔にほっとした笑みが広がった。

「そこまで言って下さるなら、わたしは遠慮なくこのまま」

軽く会釈して、富次郎が歩き出した。

「帰りはこっちだ」

六平太が指さした方へ、富次郎は慌てて引き返した。

意気地もなく、商才にも乏しいようだが、悪い男ではない。


野道の左右に広がる畑地のあちこちに、笠をつけた農夫や農婦が鍬《くわ》を振るったり、牛に土を鋤《す》かせている姿があった。

路傍にはいくつか、剝《む》き出しの小さな地蔵もあった。

六平太は、幸之助が向かっていた道にゆったりと歩を進めていた。

行く手に、槇《まき》の木や栗《くり》の木など、高低入り混じった雑木林に囲まれた百姓家が、四軒ばかり点在している。

六平太には、幸之助がそのどこかを目指したのではないかという予感があった。

野道から百姓家に続く道が四方に伸びていて、六平太は手始めに一番近くの百姓家へと向かった。

さり気なく家の中を窺《うかが》ったが、人の気配がなかった。

外周をぐるりと回って元の野道に戻ると、左手の家に向かった。

籠《かご》を背負い、鍬を肩に担いだ百姓が、畑で種を撒《ま》く、笠を付けた百姓と何ごとか話をしていた。

二人の百姓から笑い声が上がった。

籠を背負った百姓は、諏訪神社門前の茶店に藁細工を納めに来た男だった。

幸之助に挨拶をしたくらいだから、顔なじみに違いあるまい。

「ちょっと済まんが」

六平太が籠の百姓に声をかけると、笠の百姓も振り向いた。

笠の下に、幸之助の顔があった。

一瞬戸惑ったようだが、幸之助はすぐに苦笑いを浮かべた。


縁に掛けた六平太の足元を、鶏が三羽、悠然と動きまわっていた。

時々、落ちた穀物の実を見つけては啄《つい》ばんだ。

六平太が幸之助に案内された百姓家は、近隣の中では一番小ぶりだった。

「生憎《あいにく》、冷めた白湯《さゆ》しかありませんで」

お盆に湯呑《ゆのみ》を二つ載せた幸之助が、部屋を通りぬけて縁に座った。

「喉が渇いたところだった。いただくよ」

六平太が湯呑を取って口に含んだ。

「そうでしたか。秋月様には見られていましたか」

富士塚詣の帰り、一人で畑地を行く幸之助を見たことも、再度下赤塚に来た訳も、六平太は話していた。

「ここはいったい――」

六平太が問いかけた時、庭に人影が二つ入って来た。

一人は四十ばかりの女で、その横には二十くらいの娘がいた。

「お帰り」

幸之助が声をかけた。

二人の女が、六平太の姿を見て息を飲んだ。

「いや、こちらは心配ないよ。この前話した付添い屋の秋月様だ」

女二人は強張った顔で頷いた。

「こっちがお清《きよ》で、娘は千草《ちぐさ》といいます」

鳶《とび》色と鼠色の棒縞《ぼうじま》を着たのがお清で、千草はうこん色に唐茶の細い格子縞《こうしじま》である。

二人は、六平太にぎこちない会釈をして玄関から家の中に入って行った。

「娘が明日嫁入りでしてね。寺に挨拶に行っていたのですよ」

六平太が部屋に眼を転じた。

衣桁《いこう》に掛かった白無垢《しろむく》の衣装は、家に案内されてすぐ眼にしていたものだった。

「幸之助さんの娘さんで？」

「ええ。お清とわたしの」

幸之助が、穏やかな顔で頷いた。

どこかで枯れ木でも焼いているのか、眼の前に広がる畑地に煙がたなびいていた。滅多に見ることのない田園の光景を、六平太はのんびりと眺めていた。

「さ、遠慮なく」

六平太の横で幸之助が銚子を差し出した。

六平太は盃に受けた。

台所の方からときどき、母娘《おやこ》の話し声がしたが、内容までは聞こえない。

昼餉の膳を運ぶとすぐ母娘は遠慮して、六平太と幸之助の二人だけにした。

食べ終わった六平太と幸之助が縁に移ると、銚子と漬物の皿を置いたお清は再び奥に引っ込んだ。

時刻は八つ（二時頃）を過ぎた時分だろう、日が西に傾きはじめている。

「旦那の在もこのあたりのようだね。いや、富次郎さんがそんなことをね」

「豊島郡の小豆沢《あずさわ》ですよ」

幸之助が、畑地のかなたを顎で指し示した。

小豆沢は、ここから一里あまり東に戻った新河岸川のあたりだ。

「十五の時分から知り合いの船で見習いを始めて、青物を江戸に運んでいました」

幸之助が、ぽつりぽつりと昔語りをし出した。

『加島屋』の先代に見こまれて奉公するようになったのが十七だという。

「二十三で手代になったころ、台所女中としてお清が奉公に来たんですよ。その時、十七だったと思います。いや、たしかに十七でした。わたしと同じ十七で江戸に来たというので気になったのを覚えています。しばらくは口をきくこともなかった」

こっこっこっ、鶏が庭をわがもの顔で動きまわっていた。

「口をきくようになったのは、お清が同じ豊島郡の下赤塚の出だと知ってからです。七つ（四時頃）に起きてすぐ、台所仕事に掛かる前に近くの出世稲荷にお参りに行っているのを知って、わたしも一緒に参るようにしたんですよ。そのうち、深い仲になりました」

幸之助がお清と会うのは、出世稲荷や大工町のお不動様、それに夜中の『加島屋』の蔵だった。

寸暇を惜しんで逢瀬《おうせ》を重ねた。

それから二年ばかりしたころ、『加島屋』の先代から、幸之助を松乃の婿にという話が出た。

「身に余る話に身体が震えました。でも困りました。わたしにはお清という好いた女がおりましたからね。何日も何日も思い悩みました。わたしに婿の話があったことはお店の連中にも知れ渡りました。すると突然、お清が暇を取ることになったんです」

幸之助は、いつも早朝に参る出世稲荷でお清にわけを聞くと、

「里のお父《と》っつぁんが重い病に罹《かか》って、おっ母さん一人で困ってるそうなの。だから仕方ないの」

お清はそう返事した。

「いずれは幸之助さんが『加島屋』さんの主になるのね。おめでとう。出世稲荷にお参りした甲斐があったわね」

お清は幸之助に笑顔を向けた。

その三日後、お清は生まれ在所に帰って行った。

「迷っていたわたしも、覚悟を決めました。先代に受けた恩を返すには、『加島屋』の暖簾《のれん》を守るくらいしかありませんからね」

「それから、おおよそ二十年か」

六平太が呟いた。

「そうなりますな」

空気を切り裂くような鳴き声とともに、彼方の畑地の上を小鳥が横切った。

「込み入ったお話ですか」

縁側の部屋に現れたお清が、腰を下ろした。

「なぁに、お前とのいきさつをお話ししていたところだよ」

「あら」

お清が、困ったような顔で膝《ひざ》に眼を落とした。

「これと再び巡り合ったのは、十年前でした」

幸之助がお清を指した。

近隣のお店の旦那衆に誘われて下赤塚の富士塚に来たのが十年前だった。

その日は門前に宿を取って、直会《なおらい》と称して酒宴となった。

翌朝、出立前にもう一度浅間神社に向かうと、富士塚から下りてくるお清とばったり顔を合わせた。

「薄情なことに、それまで、これの在が下赤塚だということをうっかり失念してましてね」

幸之助が、苦笑いを浮かべてお清を振り向いた。

「嫁に行ったのかい。思わずそう聞きましたよ。いいえ、その時お清が、十ばかりの女の子の手を引いていましたからね」

するど、

「いいえ」

お清は眼を伏せた。

富士講の連れの者たちには先に発ってもらい、幸之助はお清の家に押しかけた。

「母親は前の年に死んだというのですが、父親は元気に野良から戻って来ました。なにかおかしい、そう思っていろいろ聞くと、娘を産んだのは、江戸から戻った半年後だと分かりました」

幸之助が、軽く眼を見開いた六平太に頷いた。

お清は、身籠《みごも》った身体で在所に戻ったということだ。

「娘は、わたしの子だと打ち明けてくれました」

膝に置いた両手を、お清がそっとさすっていた。

「『加島屋』の婿になるわたしの傍にいてはいけない。それに、身籠ったことも知って、暇乞《いとまご》いをしたというんです」

「あの時は、それが一番いいと思って」

お清が、笑み交じりで呟いた。

健気《けなげ》にも、幸之助のために身を引いたのだった。

その年は、それだけ聞いて江戸に戻った幸之助は、翌年から一人で下赤塚の富士塚に通い始めた。

お清と娘の千草のいる家で一日を過ごし、そのうち二日になり、お清の父が死んだ後は、三日、四日と長居をして親子のまねごとを重ねた。

富士詣で体調を崩したというのは、長居の口実だった。

「それも、今年で終わりです」

幸之助が晴れやかに言った。

「明日、娘を嫁に送りだしたら、ここに残るつもりです。この家にお清ひとりになりますからね。わたしが居てやらないとね」

幸之助が、軽く俯いたお清を笑顔で見遣《みや》った。

今年の幸之助の富士塚詣は、初手からそのつもりだったのだ。

松乃に出した文は、幸之助の覚悟の表れだった。

女を思う幸之助の一途《いちず》さが、六平太には眩しかった。

自分に、そんな一途さがあっただろうか――。

「あの、秋月様の夕餉をどうすれば」

お清が幸之助を気遣わしげに見た。

「これから発つにしても、江戸に着くころには真っ暗です。どうです、今夜はうちに泊まっていかれませんか」

幸之助が穏やかな顔を向けた。

六平太が眼を転じると、畑地は大分西に傾いた秋の日を浴びていた。

「では、お言葉に甘えて」

六平太は一晩厄介になることにした。


下赤塚の夜はずしりと重みのある暗さだった。

江戸の夜も繁華な場所以外は相当暗いものだが、所々に常夜燈の明かりがあった。

六平太は夕餉のもてなしを受けた後、幸之助と縁に出て酒を酌み交わしていた。

日中、残暑は厳しかったが、夜になると冷気があった。

「よろしいでしょうか」

台所の片付けが終わったらしく、お清が千草を伴なって縁に出て来た。

「一緒に飲むか」

「お前さんに話が」

「じゃわたしは」

六平太が立ちかけると、

「秋月様もどうぞ」

お清が引き止めた。

「お父っつぁんは、わたしが嫁に行ったらおっ母さんとここで暮らすって言ってたわね」

「あぁ。前々から言ってた通りだよ」

「そのことなんですけど」

お清が俯いた。

「それは嬉《うれ》しいことでしたけど、でも」

「お清」

幸之助の顔が強張った。

「お前さんがここに来ることは、秋月様にも知れました。この先、いつ『加島屋』にも知れるかそれが――」

「わたしは、口が裂けても言いませんよ」

「秋月様が仰《おつしや》らなくても、富士講の方に顔を見られるということもありますから」

お清が顔を上げて幸之助を見た。

「それに、お前さんがこのまま居なくなったら『加島屋』さんはどうなります？」

幸之助の顔に重苦しい陰が広がった。

「お内儀さんの甥じゃ『加島屋』の暖簾は重すぎるって、いつも言ってらしたじゃありませんか。お前さんと同じで、良くして下すった『加島屋』さんにはわたしも恩があるんですよ。そのお店からお前さんをかすめ取るようなことは――。後生ですから、お内儀や『加島屋』のみなさんが困るようなことはやめてもらいたいんです」

幸之助が、がくりと項垂《うなだ》れた。

「お父っつぁんが来たら話そうと思ってたんだけど、寛太《かんた》さんがね、一人残すのはなんだから、嫁入りにはおっ母さんともども来て欲しいって言ってるの」

寛太というのが千草の相手のようだ。

「二親を無くした寛太さんは一人暮らしだし、おっ母さんが気遣うことはなにもないから是非にと言ってくれてるの」

千草が、眼を閉じて黙り込んだ幸之助を窺った。

お清と千草は、俯いて黙りこくった。

木立の葉の擦《こす》れる音がした。

眼を開けた幸之助の手が伸びて、盃を口に運んだ。

「わかったよ」

静かな、幸之助の声だった。

辺りに朝日が漲る頃、お清に手を引かれた白無垢姿の千草が家を出て来た。

見送りに集まった近所の者に一礼したお清と千草は、幸之助の手を借りて馬に引かれた荷車に乗り込んだ。

その様子を、六平太は近所の者たちに交じって見ていた。

「行くよ」

昨日、幸之助と立ち話をしていた百姓が轡《くつわ》を取って馬を引いた。

六平太と幸之助が、母娘の乗った荷車の後ろに続いた。

千草の婿が迎えに来る白子川《しらこがわ》までは四半刻《しはんとき》（約三十分）の道のりだという。

「寛太というのは白子川の対岸、新座《にいざ》の百姓ですが、時々青物を積んだ船で荒川を下るそうです」

道々、幸之助が口を開いた。

寛太は新河岸川から荒川へ出て、隅田川《すみだがわ》に漕ぎ入れ、船堀《ふなぼり》か千住《せんじゅ》で荷を下ろして帰るのだという。

千草と寛太の縁談は、お清の父とも親しかった下赤塚の名主の口利きだった。

「この春にまとまったのですが、わたしが富士塚詣に来るまで嫁入りを待ってもらっていたんですよ」

幸之助とお清は、名主を介して文のやりとりをしていたという。

一行が白子川の岸辺に着くとすぐ、対岸から一艘の船がこちら側に向かって来た。

櫂《かい》を動かしているのは二十三、四の若い百姓だった。

船を着けた若い百姓が、ひょいと岸辺に飛び移ると、幸之助がゆっくりと近づいた。

「寛太さん、わたしのお父っつぁんです」

千草が幸之助を寛太に引き合わせた。

「あぁ。話はいろいろ聞いてました」

寛太が、日に焼けた顔を綻《ほころ》ばせた。

「千草と、それにお清を頼みますよ」

幸之助が深々と頭を下げた。

大きく頷いた寛太が、

「また来年富士塚に来たら、そん時は新座にも足を延ばして下さい」

「是非、そうさせてもらうよ」

幸之助の顔にやっと笑顔が浮かんだ。

「さぁ、お行き」

幸之助が、母娘を見て声をかけた。

幸之助が、船に乗った寛太の手に千草を渡した。

同じようにして、お清を船に乗せた。

船が岸を離れると、船上から母娘が幸之助の方に頭《こうべ》を垂れた。

いつまでも岸辺に佇む幸之助の背中を、六平太は見ていた。

五

日本橋を渡り切った辺りで本石町《ほんごくちょう》の時の鐘が八つ（二時頃）を打った。

嫁入りする千草とお清の船を見送った幸之助と六平太は、一刻半（約五時間）ばかりで江戸に帰り着いた。

夜明け前から賑わう魚市場は落ち着いた時分で、日本橋の往来は静かなものだった。

京橋の手前で小路を西に曲がった六平太と幸之助は、南鍛冶町の青物問屋『加島屋』の裏手に回った。

「いま帰ったよ」

幸之助が母屋の玄関を開けて声をかけた。

奥から慌ただしい足音を立てて現れた松乃が、眼を見開いて棒立ちになった。

「お諏訪さん門前の旅籠にも居なさらないんで、茶店なんぞに聞いて回ったら、近くの百姓家で厄介になっておいでで」

六平太が言った。

松乃が声も無くその場に座りこんだ。

「なんとも親切な百姓で、滋養のあるものを食べさせてくれたり、そろそろ帰ろうかというときに秋月様が」

六平太と幸之助が道々考えた口実だった。

「とにかくお上がりなさいよ」

幸之助に声をかけて松乃が立ち上がった。

「秋月様もよかったら是非。付添い料のこともございます」

幸之助が、六平太を促した。

「茶の用意をしますので、どうぞ」

言いおいて、一足先に松乃が奥へ去った。

上り口に掛けて草鞋を脱ぐと、六平太と幸之助は足の汚れを手拭で落とした。

六平太が通されたのは、庭に面した部屋だった。

幸之助と向かい合って座ると間も無く松乃が来て、二人に湯呑を置いた。

「二日分の付添い料です」

松乃が、二分（約五万円）を載せた半紙を六平太に押しやった。

その半紙に、幸之助が二分を足した。

「秋月様にはすっかり面倒をおかけしましたので」

「遠慮なく」

過分の報酬を、六平太は懐にねじ込んだ。

「お前さん、あの文はいったいどういうおつもりなんですか。万一のことがあればなんて」

「百姓家で寝ている時、ふと心細くなって書いてしまったんだよ」

「それにしても、あれじゃなんだか、今にも死ぬような言いかたじゃありませんか」

「江戸へ帰る道々、思ったのだがね」

一口茶を含んだ幸之助が穏やかな声を出した。

「わたしは、お前によこした文通りにしようかと決めたよ」

松乃が眉をひそめた。

「富次郎を養子にして、わたしは隠居するよ」

口を半開きにした松乃が、まじまじと幸之助を見た。

「富士塚に行くたびに身体を壊しているようじゃ家業に障りが出る。わたしも年を取ったとつくづく身に沁みた。それよりは、元気なうちに隠居して、富次郎に青物問屋の仕事を教え込もうかと思うんだよ」

幸之助を見つめていた松乃の眼が微かに揺れた。

「お前さん、ありがとう」

突然、松乃が両手を畳に突いた。

「これでわたしの肩の荷が下ります」

松乃の両肩が微かに震えた。

暖簾を譲り受けた娘として、松乃なりに青物問屋『加島屋』の行く末に気を揉んでいたのかもしれない。

チッチッと、庭で長閑《のどか》に小鳥が啼いた。


元鳥越の市兵衛店に帰る六平太に供が付いて来た。

『加島屋』の手代の曳《ひ》く荷車に、青物などが詰め込まれた大きな籠が載っていた。

「秋月様のお知り合いにお分け下さい」

幸之助が持たせてくれたものだった。

「ここでいいよ」

六平太が、市兵衛店の門の外で手代を止めた。

手代の手を借りて門の中に籠を運び入れると、

「籠は明日にでも取りに来てくれ」

「へい」

手代が六平太に会釈して、荷車を曳いて帰って行った。

「おぉい、誰かいねぇか」

六平太の呼びかけに、大工の留吉の女房、お常と、大家の孫七が路地に出て来た。

「貰いもんだ。好きなだけ取ってくれ」

「こりゃ豪勢じゃないか」

お常と孫七が籠の中を覗《のぞ》きこんだ。

大根、牛蒡《ごぼう》に混じって、小松菜、椎茸《しいたけ》、茄子《なす》があった。

「貰っていいのかい」

お常が眼を輝かせた。

「遠慮なしだ」

「しかし、みんなに配っても余る分量だね」

孫七がため息をついた。

「そうだ秋月さん、博江さんにも届けておあげよ」

「いや、それは、お常さんに頼みたいな」

「生憎だったね。あたしゃこれから湯屋へ行くんだ」

鳥越明神から浅草御蔵に通じる往還に西日が影を落としていた。

出職の連中が帰途につく頃合いだった。

六平太は、小松菜や茄子、牛蒡を載せた笊《ざる》を小脇《こわき》に抱えて御蔵の方に向かっていた。

博江の住まう伝助店《でんすけだな》は、新堀の手前を南に入った福富町《ふくとみちょう》にある。

「秋月ですが」

伝助店の一番奥にある博江の家で声をかけたが、返事がない。

「もし、博江さん」

軽く戸を叩《たた》いたが、応答がなかった。

届け物を向かいの住人に頼もうと踵を返した時、門の外から西日を背にした人影が現れた。

「あら」

立ち止まった人影の声は、博江である。

「いや、貰い物があったので、お常さんが届けろなどと――」

思わず言葉を飲んでしまった。

近づいて来た博江は湯屋帰りらしく、洗い髪を垂らしていた。

「すみません、中に」

博江が、先に入った。

「どこに置けば」

風呂桶《ふろおけ》を置いた博江が、六平太の笊を受け取って流しの傍に置いた。

「どうぞお掛けになって。白湯の用意を」

框に掛けた六平太の近くで、博江がこまごまと動いた。

いつもはきっちりと身を包んでいる博江が、湯屋帰りとあって幾分崩れた着こなしになって、婀娜《あだ》である。

乾き切っていない髪が肩から胸元に垂れているのも艶《つや》っぽい。

「あ、すまんが、ちと用事を思い出した」

居心地の悪さに、六平太は慌てて腰を上げた。

青物問屋『加島屋』の幸之助を送り届けた二日後だった。

四谷の相良道場に稽古《けいこ》に出掛けた六平太は、富坂徹太郎《とみさかてつたろう》ら三人の門弟に誘われて芝の居酒屋に繰り出した。

徹太郎が勤める信濃加藤《しなのかとう》家十河《そごう》藩の江戸屋敷が芝にあり、他の二人も近くから通っていた。

十四年前まで、徹太郎と同じ十河藩江戸屋敷の供番を務めた六平太にも馴染みのある芝である。

たまに門弟と酒を酌み交わすのも悪くない。

それに、相良道場に目くじらを立てているという大名家下屋敷との諍いのことも気になっていた。

「あの屋敷の連中の傍若無人ぶりは、近隣でも困りものでして」

居酒屋の小上がりで、門弟の一人が言った。

密かに水茶屋の女や夜鷹《よたか》を屋敷に引き入れているという。

通りがかりの住人をからかったり、夜中、酒に酔って大騒ぎしてひんしゅくを買っていた。

「大名家の家臣の振る舞いではない」

道場主、相良庄三郎が近隣を代表して窘めに赴いたことで、眼の敵にされたようだ。

「どこの家中だ」

「常陸国《ひたち》、笠松藩《かさまつ》、石川對馬守《いしかわつしまのかみ》家です」

徹太郎が言った。

公の仕事をする上屋敷と違って、どの家中の下屋敷も野放図ではある。

酒宴は剣術の話でさらに盛り上がり、門弟が帰った後、六平太は居酒屋の小上がりに泊まりこんだ。

ぐっすりと寝て、夜明けと共に居酒屋を出た。

東海道を日本橋へと向かうと、旅装の商人や武家などとすれ違った。

京橋を渡り終えた時、幾艘もの船が行き来し、荷運びの人足で賑わう大根河岸が見えた。

河岸の畔に立つ幸之助の姿があった。

六平太が、ゆっくりと河岸へと向かった。

「隠居するんじゃなかったのかい」

横に立った六平太に、幸之助が笑みを向けた。

「朝、ここに立つのは前々からの習わしでしてね。隠居したからと言ってやめるわけにはまいりませんで」

幸之助が、青物が荷揚げされる方に眼を戻した。

「あぁして、様々な所から届くのを見るのが楽しみなんですよ。土地土地の百姓が丹精したものが届くのを見ると、その土地の息吹のようなものが伝わってまいります」

六平太は、威勢のいい声を張り上げて働く船頭や人足たちに眼を向けた。

「どこからの荷だね」

幸之助が船頭に声を掛けた。

「新河岸からの荷を葛西《かさい》から積んで来たんですよ」

「新河岸か。わたしの知り合いが白子の百姓だよ」

「ほう、白子の連中はおれも知ってるが、誰だい」

「寛太というんだが」

「知ってるよ。この前、気立てのいい女房を貰ったばかりだって話だ」

幸之助の顔が弾けたように綻んだ。

「秋月様、この水は白子川にも通じてるんですよ」

幸之助が、船から揚げられる青物に愛《いと》しげな眼を注いだ。

白子川に近い新座には、お清と千草が住んでいる。

「それじゃおれは」

軽く手を上げて、六平太は幸之助のそばを離れた。

隠居した幸之助に、また一つ河岸に立つ楽しみが増えたようだ。

角を曲がって表通りに出た六平太の耳から、大根河岸の喧騒が遠のいた。

第二話　木戸送り

一

大川に架かる大川橋に差し掛かったところで、浅草寺《せんそうじ》から暮六つ（六時頃）の鐘が届いた。

六平太《ろっぺいた》は、日本橋の海苔《のり》問屋の内儀《ないぎ》と娘二人に付添って向島《むこうじま》に行った帰りである。

朝顔を見るには朝に限るというので、五つ（八時頃）に向島百花園に着いた。

半刻《はんとき》（約一時間）ばかりで園内の花々を見終わると、

「ここはお寺じゃないけど、向島も福神のひとつ、福禄寿《ふくろくじゅ》の場所なんだよ」

内儀が娘二人にうんちくを披露した。

「だったらいっそ、このまま七福神巡りをしましょうよ」

上の娘が言い出して、六平太は七福神巡りにも付添うことになった。

七福神を巡るだけならさほどの時は要しないのだが、昼餉《ひるげ》を摂《と》ったり、道々甘味処《どころ》で休んだりして、六平太は向島で丸一日をつぶした。

行きは船で大川を遡《さかのぼ》ったのだが、帰りは親戚《しんせき》の家に泊まるという母娘《おやこ》と向島で別れた。

大川橋を渡ると、六平太は聖天町《しょうでんちょう》へと足を向けた。

妹の佐和《さわ》が嫁いだ音吉《おときち》の家に寄って、あわよくば夕餉《ゆうげ》にありつくつもりだった。

「おれだが」

音吉の家の前で声をあげるとすぐ、火消し半纏《ばんてん》を羽織りながら音吉が飛び出して来た。

「こりゃ義兄《にい》さん」

音吉の声に、佐和も顔を出して、

「音吉さんはこれから出掛けますけど、お上がりなさいまし」

「そうだな」

「義兄さん、夕餉はお済みで？」

「うん、いや、まだだが」

夕餉を目指して来たことを誤魔化した。

「これからうちの若い者たちと飲み食いするんですが、義兄さんもどうです？」

音吉が窺《うかが》うように六平太を見た。

「なにも改まった席じゃないんですよ。『ち』組と近しいお店の新たな店舗が出来たんで、若い者たちと駆けつけて木遣《きやり》を唄《うた》ったら祝儀が出たもんですから、一杯やろうってことになりまして」

音吉は浅草十番組の鳶《とび》、『ち』組の纏持《まといも》ちである。

「兄上、そうなさいまし」

佐和が勧めた。

佐和と子供たちの夕餉はとっくに済んで、家に食べるものは残っていないという。

「そういうことなら仕方ないな」

六平太は音吉の誘いに乗った。

しんと静まりかえった暗い道を、六平太はふらふらと歩いていた。

道の両側の家に明かりは無く、月明かりも無かった。

大川の方から微《かす》かに、岸辺にぶつかる水音がしていた。

聖天町を訪ねた六平太は、音吉に連れられて花川戸《はなかわど》の小さな料理屋に行った。

同席した『ち』組の若い者の中には顔見知りも居て、気を遣うこともなく、ついつい飲んで長居をしてしまった。

宴《うたげ》が終わると、

「もう遅いし、義兄さんうちに泊まりませんか」

音吉に勧められたが、六平太は断って元鳥越《もととりごえ》へと帰る途中である。

諏訪町《すわちょう》から黒船町《くろふねちょう》へと歩を進めていると、行く手で拍子木の音がした。

六平太が眼《め》を凝らすと、八幡宮《はちまんぐう》門前の木戸が閉まりはじめた。

拍子木は、四つ（十時頃）の合図だった。

町の境にある木戸は、防犯上、四つになると一斉に閉められる。

「すまねぇ、木戸を通してくんな」

急ぎ駆けつけた六平太が、年のいった木戸番を片手で拝んだ。

「行き先と名をお聞かせ願います」

「元鳥越、市兵衛店《いちべえだな》、秋月《あきづき》六平太」

別段怪しむことなく、木戸番が脇門《わきもん》を開けてくれた。

「すまねぇ」

片手を上げて通り過ぎた六平太の背中で、拍子木が打たれた。

次の木戸に、通行人があることを知らせる合図である。

元旅籠町《もとはたごちょう》一丁目の木戸に近づくと、

「なんだ秋月さんでしたか」

待っていた木戸番が笑みを浮かべた。

「浅草でつい時を忘れてな」

六平太が、開けられた脇門を潜《くぐ》った。

「お気を付けて」

「おう」

木戸番に応《こた》えて、六平太が歩を進めた。

背後でまた、拍子木が打たれた。

次の森田町《もりたちょう》の木戸への合図だ。

六平太が、木戸から木戸へと町送りをされたのは久しぶりのことだった。

翌朝、日の出とともに眼ざめた六平太は腹を空《す》かせていた。

昨夜は酒と話が弾んで、ろくに食べ物を口に入れていなかった。

台所のお櫃《ひつ》には飯粒ひとつ残っていない。

六平太は路地に出ると、はす向かいの家に飛び込んだ。

「おや、なにごとで」

黒か紺か判然としない袴《はかま》を穿《は》こうとしていた熊八《くまはち》が眼を丸くした。

「熊さん、今朝飯を炊いてたね」

「もしかして、残りがあるかないかお尋ねですな」

「残りがあれば、貰《もら》いたい」

「わたしの夜の分は残して下さいよ」

「分かった」

流しの傍《はた》のお櫃を抱えて出かかった六平太が、ふっと振り向いた。

「熊さん、その装《な》りはなんだ」

「この前から、居合い抜きを取り入れてましして」

熊八があっけらかんと言った。

「わたしに居合いの心得があるとは思えないと、秋月さんはそうお思いでしょう」

六平太が頷《うなず》いた。

「わたしを見くびってもらっては困ります。大道に立ち、市中を歩きまわってすでに二十数年、長きに亘《わた》って世の中を眺めておりますと、踊りにしろ居合いにしろ、見よう見まねで大概の事は身につくもんです」

六平太の無知を諭すような熊八の口ぶりだった。

熊八は大道芸人である。

ある時は鹿島《かしま》の事触れになって怪しげなお札を売り、ある時は恵比寿舞《えびすまい》を披露して喜捨を得るので、なんでも屋の熊八と呼ばれていた。

「居合いを見せて、何を売るんだ」

「切り傷に効く薬です」

熊八が胸をそびやかした。

「とにかく、飯はもらうよ」

六平太が、お櫃を抱えて飛び出した。

路地を突っ切って家に戻ると、急ぎ湯を沸かしはじめた。

「やってますな」

外から、袴姿の熊八が顔を突き入れた。

袴の上の着物は、元は白かったようだが枇杷茶《びわちゃ》に変色して、居合いの達人には程遠いが、それも愛嬌《あいきょう》だ。

「では、行ってまいる」

熊八の足音が遠のいた。

「お稼ぎよ」

大工の留吉《とめきち》の女房、お常《つね》の声が路地に響いた。

六平太が、湯漬を二膳《ぜんか》搔き込んで人心地ついた時、

「ごめん」

戸口に、北町奉行所の同心、矢島新九郎《やじましんくろう》が立った。

「朝から珍しいね」

「今朝早く、四谷の相良《さがら》道場から使いが来ましてね」

框《かまち》に腰掛けた新九郎が声を潜めた。

六平太と新九郎は相良道場の同門である。

「道場で昨夜、駆け込み者を匿《かくま》ったそうです」

「ほう」

「駆け込んだのは侍で、相良先生は昨夜駆けつけた追手に知らぬ存ぜぬを通されたそうなのですが、さすがに思案に暮れておいでのようなのです」

新九郎が腕を組んだ。

夫との縁切りを願って寺に駆け込む女もいるが、たまに武家屋敷に駆け込む者もいる。

朝日が大分上がって、城郭や堀を輝かせていた。

市ヶ谷御門へと続く堀端のゆるやかな坂を、六平太と新九郎が足早に上った。

「兄上、明日はお盆の入りですからお寺参りに行って下さいね」

昨日聖天町に寄った時、佐和に言われていたのだが、六平太は道場の成り行きの方が気懸りだった。

相良道場は、四谷伊賀町にある。

四谷御門の手前を右に曲がって小路に入り、角を二つ三つ曲がって道場の前に出た。

「秋月さん」

新九郎が、密《ひそ》かに目配せをした。

坂町の小路《こうじ》の陰から道場を窺っている顔が二つあるのに、六平太も気付いていた。

二人は構わず道場の門を潜った。

道場で働く老爺《ろうや》の源助《げんすけ》に案内されて、六平太と新九郎が座敷に通された。

棟続きの道場から、木刀のぶつかる音や門弟の発する気合が届いていた。

「わざわざ来てくれたのか」

道着姿の相良庄三郎《しょうざぶろう》が来て二人の前に座った。

「武家の駆け込みだとか」

六平太が聞くと、

「昨夜、五つ（八時頃）時分だった」

庄三郎が口を開いた。

門を叩《たた》く音がして、源助を見に行かせると、少し開けた隙間《すきま》から侍が逃げ込んできたという。

「追われているので匿ってもらいたい」

侍の訴えを聞いた庄三郎が、源助に命じて奥に連れて行かせるとすぐ、再び門が荒々しく叩かれた。

潜り戸から外に出た庄三郎の前に三人の追手が肩を怒らせて立っていた。

「たったいま、こちらに逃げ込んだ者をお渡し願いたい」

追手の一人が居丈高な物言いをした。

「そこもとは、どなたかな」

庄三郎の問いに答えず、

「屋敷内で不埒《ふらち》な振る舞いに及んだ者を追っている」

「隠しても無駄だ。門から入る人影をおれが見たのだ」

追手たちの口から矢継ぎ早に声が上がった。

「その物言いがあまりにも高飛車ゆえ、知らんと言ってやった。それに、向こうが人影と申したゆえ、我が門弟と見間違えたのではないかと返事をしておいた」

六平太と新九郎を見て、庄三郎が小さく笑った。

「ならば家探しをするがよいか」

すると、庄三郎の返事に得心のいかない追手の一人が眼を吊《つ》りあげた。

「家探しをしてもよろしいが、もしお手前方が探す者がおらぬ時は、門弟五十人を引き連れて挨拶《あいさつ》に伺うが、よろしいか」

何代も続く立身《たつみ》流相良道場を引き継いでいる相良庄三郎である。

その胆力は、武家を相手にしても引けを取ることはなかった。

「挨拶に伺うにしても、行き先が知れぬでは困る。ご家名とそこもとの名を伺いたい」

庄三郎に問われて、相手に戸惑いが走った。

追手は何も答えず、怒りの収まらぬ顔で引き揚げて行ったという。

「どこの家中とも知れませんか」

新九郎が呟《つぶや》くと、

「いや、それは分かっているのだ。知っていながら、とぼけた。すぐ近くの、常陸《ひたち》国、笠松《かさまつ》藩、石川對馬守《いしかわつしまのかみ》家の下屋敷だよ」

庄三郎がさらりと言ってのけた。

以前から相良道場を眼の敵にしているという大名家の名だ。

石川對馬守家の下屋敷は、道場から程近い武家地の一角にあった。

四谷御門から内藤新宿に通じる往還を北に曲がり、大横町《おおよこちょう》を下った突き当たりである。

先刻、道場前を窺っていた侍は、恐らく石川對馬守家下屋敷の者に違いない。

「昨夜は詳しい話を聞けなかった。どうだ、一緒に話を聞かぬか」

六平太と新九郎に目配せをして、庄三郎が先に腰を上げた。

二

相良道場の母屋の台所はかなりの広さがあった。

板張りは十畳ばかりで、土間には竈《かまど》の焚口《たきぐち》が三つある。

年末の納会、新年の稽古《けいこ》始め、鏡開きなどには大勢の門弟が集まる。

何人か集って庄三郎と夕餉を囲むこともあり、道場に広い台所は不可欠だった。

六平太と新九郎を引き連れた庄三郎が台所に行くと、裏庭への出入り口近くの板戸の前に立った。

道場の下男、源助の部屋だった。

「開けるぞ」

声と共に庄三郎が戸を開けると、背中を向け、手枕《てまくら》で寝そべっていた侍が慌てて身を起こした。
二十五、六だろう。
入り込んだ六平太たちの前に、殊勝な顔で膝《ひざ》を揃《そろ》えた。

「当道場の高弟、矢島新九郎と秋月六平太だ。そなたの事情は既に知っている」

「石川對馬守家下屋敷、使い方、横田邦士郎《よこたくにしろう》といいます」

駆け込み侍がおどおどと名乗った。

「道場で匿うからには、駆け込みの顚末《てんまつ》を詳しく聞いておきたいのだが」

庄三郎にこくりと頷いたものの、邦士郎は、はぁと情けない吐息をついた。

大名家に仕える侍だが、武辺者のようではない。

「昨夜のことでした」

ため息交じりに口を開いた。

夕餉の後、下屋敷のお長屋の一室で酒盛りが始まったという。

ひと月前、藩主の参勤交代で江戸に詰めることになった国元の藩士四名と、邦士郎ら江戸勤番の藩士二人が車座になった。

酒が進むにつれ、国元から来た藩士たちが江戸への悪口を口にし始めた。

町中で、お国言葉を笑われたと口をゆがめる者がいた。

別の二人の藩士は、吉原見物に出掛けたものの道に迷ったという。

通りかかりの職人に道を聞いたが、早口で何を言っているのか分からず、とうとう吉原に行きつけなかった。

帰り道にも迷って散々な目にあったと口を尖《とが》らせた。

「江戸は薄情だ」

その言葉に、酒の入った邦士郎はむかっ腹を立て、ふんと鼻で笑った。

「なにがおかしいっ！」

国元の藩士一人が眼を吊りあげた。

「江戸に来たら江戸の流儀に慣れることった。国元の流儀がどこでもまかり通ると思うから笑われるんだ」

邦士郎の啖呵《たんか》に国元の藩士一人が激昂《げきこう》して、刀を摑《つか》んだ。

「上等だっ」

その場の勢いのまま声を発し、邦士郎が先に刀を抜いた。

「お屋敷で刃傷沙汰《にんじょうざた》はまずい」

藩士が二人、慌てて止めに入った時、振り払おうとした邦士郎の刃が国元の藩士の腕を裂いてしまった。

「おのれっ」

国元の藩士四人が立ち上がり、一斉に刀の柄《つか》に手をかけた。

「そこに至って、大変なことになったと気付きました。気付いたものの、頭は混乱するばかりで」

藩士の腕から滴る血を見て邦士郎は錯乱した。

屋敷内で刀を抜き怪我《けが》を負わせたのだ、叱責《しっせき》だけでは済むまいと頭に血が上った。切腹の場に引き出される己の姿が頭を駆け巡った途端、邦士郎は部屋を飛び出し、そのまま屋敷から逃げた。

「どこかに身を隠すところはないか、屋敷近くをやみくもに走り回りましたがどこも固く門を閉ざしており、坂を上ると、こちらの道場に明かりが見えましたもので、思い切って門を叩いてしまいました」

言い終わった邦士郎が、深く大きな息を吐いた。

聞いていた三人からも吐息が洩《も》れた。

「しかし、よりによって相良道場にとは」

「秋月さん、よりによってとはいったい」

新九郎が訝しげに六平太を見た。

石川對馬守家との間に起きた諍《いさか》いの一件を新九郎に話すと、

「それはわたしも耳にしてはいましたが、背に腹は替えられず」

邦士郎が消え入るような声を出した。

「ですが、わたしは何もこちらに思うところはないのです。目くじらを立てているのは、主に国元から来て詰めている連中と、屋敷内の『烈志館《れっしかん》』という剣術の道場の門弟が殆《ほとん》どです。江戸で生まれ育った家臣は、将軍家お膝元で悶着《もんちゃく》を起こせばお家の浮沈に関《かか》わることも、近隣に嫌われれば暮らしにくくなることも心得ておりますので」

「その江戸者のお前が悶着を起こして駆け込みたぁ、笑わせる」

六平太の声に、邦士郎が項垂《うなだ》れた。

「しかし先生、この者をどうなさいます」

新九郎が、深刻な眼を向けた。

「相手は大名家です。騒ぎになる前に、この者には出て行ってもらったほうが」

邦士郎の顔が強張《こわば》って凍りついた。

「先生、どちらに」

外で門弟の声がした。

「源助の部屋だ」

外から板戸を開けた坂田《さかた》が、

「駆け込んだ者を引き渡せと、門前に侍が押しかけて参りました」

険しい顔で告げた。

邦士郎の身体《からだ》がぴくりと震えて固まった。

また一人、門弟の竹内《たけうち》が駆けつけると、

「門前の侍が、道場主に会いたいと声を上げておりますが」

「分かった。会おう」

庄三郎が立ち上がった。

「お供します」

六平太も腰を上げた。

「わたしも」

「矢島さんは出ない方がいい」

六平太が、止めた。

着流しに、裾《すそ》をたくし上げた黒の羽織姿が町奉行所の同心だということは、江戸の者ならすぐに分かる。

「下屋敷の連中の中にも、知っている者がいるかも知れん。役人まで出張ってるなどと思われれば、面倒なことになりはしないか」

穏やかな声で六平太が言った。

「新九郎はここで待て」

「分かりました」

新九郎が、庄三郎に頭を下げた。

六平太が、庄三郎に従って道場の式台に降りた。

門は開け放されていたが、追手の侍五人は殊勝にも門外で待っていた。

「入られよ」

庄三郎の声に、顔を引き締めた追手五人が門を潜り、式台の前に立った。

道場の中では、稽古を中断した門弟たちが成り行きに息を詰めていた。

「昨夜こちらに逃げ込んだ者を引き渡してもらいたい」

三十半ばの、鼻筋の尖った侍が低い声で言った。

「そんな者は居らぬと、昨夜も伝えたと思うが」

庄三郎の物言いは悠然としたものだった。

「隠しだてをするな」

「逃げ込んだのは当家の者だ。連れ帰りたい」

追手の中から詰《なじ》る声が飛んだ。

「当家当家と申されるが、昨夜の方々もどこのご家中か名乗られなかったが、なにゆえかな」

追手たちの顔色が曇った。

六平太には、追手たちの胸中が手に取るように分かった。

屋敷内の恥や不祥事を外部に知られることを、武家は極端に恐れ、避けるのだ。

「ふうん、そこの石川家の屋敷に出入りしていた侍に似た顔があるな」

六平太の言葉に、追手たちがさりげなく顔を伏せた。

「当道場に、仮に駆け込みがあったとしても、引き渡すわけにはいかぬ」

「駆け込んだのだなっ」

鼻筋の尖った男が気負い込んだ。

「仮にと申した」

庄三郎の声は落ち着いていた。

「今から遡ること二百年以上も前、豊臣《とよとみ》方の武将の間で対立が起きた時のことだが」

庄三郎が突然話を変えると、追手たちの顔に戸惑いが浮かんだ。

己の方針に反対を唱える加藤清正《かとうきよまさ》ら諸将に追い詰められた石田三成《いしだみつなり》が、反対派の中心人物と知りつつ、こともあろうに徳川家康《とくがわいえやす》の宿所に駆け込んだという説話だった。

「家康公はそのとき、追って来た諸将に三成の身柄を引き渡すよう迫られたのだが、己を頼って参った者は、たとえ切腹を命じられても引き渡しには応じられぬと、断固として三成を匿われた。かくのごとく、頼った者を庇護《ひご》するは、武士の習いでござる。たとえその者に非があろうと罪科があろうと変わらぬ。という家康公のお教えなのだが、お手前方の主人は、徳川幕府初代将軍のなされようをなんと申されるであろうな」

追手たちが息を飲んで固まった。

「町道場の主《あるじ》ごときが、なにをほざくっ！」

鼻筋の尖った男が捨て台詞《ぜりふ》を吐いて門に向かうと、残りの追手たちも足早に後を追って出た。


源助の部屋の閉め切られた障子に西日が輝いていた。

午前の稽古を終えた門弟たちはすでに引き揚げ、午後の稽古も間もなく終わりそうな頃合いである。

鼻筋の尖った男の率いる追手を追いかえした後、新九郎は勤めに戻った。

庄三郎とともに昼餉を摂った後、六平太が邦士郎の見張りを買って出た。

それから一刻（約二時間）ばかり経《た》つが、

「このあといったいどうするつもりだ」

何度か問いかけたが、邦士郎はただ首を捻《ひね》るだけだった。

逃げた後のことを考えた上での駆け込みではなかった。

「いつまでもここに置いておくというわけにはいきません」

新九郎は帰り際、庄三郎に進言していた。

そのことを、六平太が邦士郎に投げかけたのだ。

「それは重々分かってはいるのですが」

邦士郎が、肩を萎《しお》れさせて項垂れた。

邦士郎の二親は既に他界して、兄弟もなかった。

江戸に親戚はあるが、駆け込み者を受け入れるとは思えないという。

「武士を捨ててもいいのですが、江戸にいればいつ何時お家の追手に見つかるかも知れず、かと言って市井の片隅に埋もれて生きる自信もありません」

邦士郎からか細い吐息が洩れた。

六平太にも良策はなく、ため息と共に腕を組んだ。

いつの間にか、道場からは何も聞こえなくなっていた。

「わしだが」

外から戸が開けられ、羽織を着た庄三郎が入って来た。

「六平太、ここはもう良い。引き揚げてよいぞ」

「しかし、このままで済むとは思えませんが」

「騒ぎを耳にした門弟が何人か、騒ぎが収まるまで交代で道場に泊まりこむと言っているのだ」

だが、元鳥越に引き揚げればいざという時に後れを取る。

かといって、下帯を替えないわけにはいかない。

「ならば、わたしは音羽《おとわ》に行っております」

音羽なら、馴染《なじ》みになった旅籠《はたご》もある。

居酒屋『吾作《ごさく》』の料理人になった菊次《きくじ》もいるから、なんとかなる。

六平太が道場の門を出ると、坂の下の塀の陰から覗《のぞ》いていた侍の顔が二つ、すっと引っ込んだ。

構わず坂を下ると、六平太の背後から足音が付いて来た。

お先手組屋敷に挟まれた小路を二つ三つ折れ、市ヶ谷中根坂《なかねざか》を下り、平山町《ひらやまちょう》の四つ辻《つじ》に差し掛かった時には、付けて来る気配は消えていた。


護国寺《ごこくじ》門前から江戸川橋へと貫く通りが人の往来で賑《にぎ》わっていた。

音羽一丁目の旅籠『桔梗屋《ききょうや》』で宿を取った六平太は、昼から夜の貌《かお》に変わろうとする通りを桜木町《さくらぎちょう》へと向かっていた。

護国寺の広大な境内には豪壮な堂宇が立ち並び、季節季節に咲く花、樹木の見物と、四季を問わず人が訪れた。

昼間の行楽客や参拝客が引き揚げるのと、夜の遊興を求めて男共が押しかける頃合いだった。

日が落ちれば、男どもを惹《ひ》きつける岡場所《おかばしよ》の明かりも灯《とも》り始める。

通りに、食べ物屋や土産物屋などの呼び込みの声が飛び交っていた。

「旦那《だんな》、そこの恰幅《かつぷく》のいい旦那、遊んでお行きよ」

聞き覚えのある声がした。

「なんだよ、ただの太っちょのくせに」

客に振られた女が舌打ちをすると、

「あら、そこの優男の兄さん」

別の男に愛想笑いを向けたのは、楊弓《ようきゆう》場の矢取り女のお蘭《らん》である。

「あら秋月の旦那、これから妓楼《ぎろう》にでもお揚がり？」

「毘沙門《びしやもん》の親方のとこだ」

「そのあとはどうするのさ。どうだい、あたしと差し向かいで酒でもさぁ」

「嬉《うれ》しいね」

「嘘《うそ》ばっかり」

お蘭が大げさに、六平太の腕をつねる真似《まね》をした。

「ねね、おりきさんはいったいどこに行ったんですよぉ」

音羽に来ると、おりきとの間柄を知っている者から未《いま》だに問いかけられる。

「消えちまったんだよ」

六平太の正直な思いだった。

甚五郎《じんごろう》の家は江戸川橋に近い桜木町にあった。

薄暗くなった通りに、甚五郎の家から明かりが零《こぼ》れていた。

神官と年配の氏子らしい男のあとから、毘沙門の若者頭、佐太郎《さたろう》が出て来て丁寧に頭を下げた。

「こりゃ、秋月様」

六平太に眼を向けた佐太郎が、笑みを浮かべた。

「親方はおいでかい」

「へぇ。どうぞ」

佐太郎が腰を折って、六平太を先に通した。

「おいでなさいまし」

土間に立った六平太に、毘沙門の若い衆が口々に声をかけた。

六助《ろくすけ》や竹市《たけいち》ら四人ばかりが板張りに座りこんで、雪洞《ぼんぼり》の修繕、紙の貼《は》り替えに勤《いそ》しんでいた。

「寺社の祭礼や縁日が続きますんで、支度に追われております」

佐太郎が六平太に頭を下げた。

「秋月さんでしたか。ま、お楽に」

奥から現れた甚五郎に勧められて、六平太は框に腰を掛けた。

「こちらには何ごとで」

甚五郎が、六平太のすぐそばに膝を揃えた。

六平太は、相良道場の駆け込みの顚末を話した。

「以前、親方に口を利いてもらった桔梗屋に宿を取ったことを知らせに寄ったんだよ」

六平太が旅籠に居ない時は、毘沙門に知らせるよう相良道場に言ってあった。

その取り次ぎを頼むと、

「ご心配なく」

甚五郎が請け負ってくれた。

「めしでもご一緒したいところですが、ちょっと立て込んでますんで」

甚五郎は作業を続ける若い者の方に顔を向けた。

「なぁに、『吾作』にでも行ってみますよ」

「『吾作』ねぇ」

一瞬浮かない顔をした甚五郎が、

「菊次が相変わらずでしてね。やはりどうも、お八重《やえ》ちゃんの縁談のことが気鬱《きうつ》なようです」

六平太に囁《ささや》いた。

八重は、死んだ吾作の後を引き継いで居酒屋『吾作』を営むお照《てる》の養女である。

お照が懇意にしている内藤新宿の料理屋『瀧《たき》のや』の主が、倅清寿郎《せがれせいじゅろう》の嫁に八重はどうかと口にしたことが、菊次の耳にまで届いたのだ。

前々から八重に思いを抱いていた菊次は、本人に打ち明けることなく今日に至っていた。

「一度、菊次の思いをお照さんに伝えておいた方がいいような気もするんですがね」

「それなら、昼間、お照さんと三人で会った方がいいね」

六平太が言うと、甚五郎が目顔で頷いた。

「近々、日にちを決めてお知らせします」

「承知した」

頷いて、六平太が腰を上げた。

甚五郎の家を出た六平太は裏の小路へと入った。

少し北へ行った八丁目に居酒屋『吾作』がある。
五、六間（約九〜十一メートル）進んだところで、六平太がふっと足を止めた。
気鬱の様子だという菊次のいる店に行っても、こっちが気を遣うことになる。

「やめた」

夕餉は余所《よそ》で摂ることにして、六平太は表の通りに向かった。

盂蘭盆《うらぼん》の訪れと共に、この二、三日は陽《ひ》ざしが強かった。

相良道場の井戸端には葉を茂らせた楠《くすのき》が枝を広げていて、日陰は涼しい。

昨夜、護国寺門前の『桔梗屋』に宿を取った六平太は、朝餉を済ませるとすぐ四谷の道場に来て午前の稽古に加わった。

若い門弟たちと一刻半（約三時間）も木刀を振るうと、道着が汗にまみれた。

六平太と共に井戸端に立った坂田伊之助《いのすけ》、近松栄蔵《ちかまつえいぞう》、吉川八郎《よしかわはちろう》の身体からも滝のような汗が噴き出していた。

昨夜、道場に泊まり込んだ三人だった。

「坂田さん」

富坂徹太郎《とみさかてつたろう》が既に着替えを済ませて、同輩の門弟二人と井戸端に現れた。

「わたし共も道場に泊まり込みたいのですが、生憎《あいにく》勤めがありまして」

徹太郎に倣《なら》って連れの二人も頭を下げた。

「なぁに、おれも近松も今日は帰るんだ」

「うん。今夜は、昼稽古の安井《やすい》と松森《まつもり》らが詰めるといっている。心配するな」

近松が、坂田の言葉を引き継いだ。

御家人の跡継ぎの坂田と近松は比較的気ままだが、徹太郎は十河《そごう》藩江戸屋敷の供番である。

「秋月様、今日はお手合わせ頂きありがとうございました」

徹太郎が、六平太に頭を下げた。

国元で稽古を積んでいたとみえて、六平太が相手をした徹太郎は供番として充分の腕を持っていた。

「ではみなさん、お先に」

徹太郎と連れの二人が辞儀をして表門へと去った。


朝稽古の門弟たちが引き揚げて行くと、相良道場はしんと静まりかえった。

四つ半（十一時頃）を少し過ぎた時分である。

稽古の後、道場主の庄三郎は他行に出た。

着替えを済ませた六平太が、台所に隣接する源助の部屋の前に立った。

「秋月だが」

「あ、どうぞ」

中から、邦士郎の声がした。

六平太が戸を開けると、障子の開け放された縁側で、広げた紙に身を乗り出すようにしていた邦士郎が眼で会釈を向けた。

「ほう、絵を描《か》くのか」

「遊びですよ」

邦士郎が、照れたように微笑《ほほえ》んだ。

紙に、葉を茂らせた描きかけの木があった。

「邪魔か」

「いえいえ」

邦士郎が、手にしていた筆を置いた。

「筆を持ってきたのか」

「いえ。源助さんに頼んでお借りしました」

座りこんだ六平太が、改めて絵を見た。

部屋から見える裏庭の低木を写していた。

邦士郎の周りに、描き上げた墨絵が三枚ばかり無造作に置いてあった。

膝を崩して横座りしている女と洗い髪を梳《す》く女の絵が二枚、六平太の眼に入った。

邦士郎が、女の絵を六平太から隠すようにさり気なくかき集めた。

「下屋敷の勤めというものは、いかに退屈を凌《しの》ぐかで面白くもなり詰まらなくもなるものでして」

「分かるよ」

「もしかして秋月どのは」

「以前はお屋敷勤めよ」

十四年前まで、六平太は十河藩江戸屋敷の供番だった。

「お前さんのお役目は」

「使い方です」

「大きな役だな」

ははは、と笑った邦士郎が、

「使番と思い違いをなさってますね」

言われてみればそうだった。

使番は、用人の下で君命を帯びて他家や他藩への使者に立つ役目である。

「下屋敷の使い方などというものは、いわば雑用ですよ。不要の紙がたまったら屑屋を呼んで売らされ、燭台《しょくだい》が暗いと言われたら急ぎ油を注《つ》ぎ足す。そんな、誰にでも務まる、これという働き甲斐《がい》もない勤めです」

邦士郎が苦笑いを浮かべた。

板を踏む荒々しい音がすると、いきなり戸が開いて源助の背後に門弟が突っ立った。

「富坂徹太郎と宮間《みやま》俊作《しゅんさく》が石川家の連中に」

引きつった顔で言ったのは、先刻、徹太郎と共に帰って行った根本嘉一郎《ねもとかいちろう》である。

道場を出てすぐ、石川家下屋敷の家臣数人に付けられた徹太郎らは、騒ぎを起こすまいと走ったのだが、鮫ヶ橋《さめはし》のあたりで取り囲まれたという。

「それでわたしがお知らせに」

根本の声が切迫していた。

「向こうは、当家の者を匿っているだろうと鼻息を荒くしていました」

根本の声に、邦士郎の顔が強張った。

刀を摑んで、六平太が腰を上げた。

三

四谷御門から南へ進むと、火除地《ひよけち》に出た。

紀伊《きい》家の広大な上屋敷横の坂を下ったところが鮫ヶ橋である。

六平太が、根本と共に一気に坂道を下った。

谷底を流れる小川に架かった橋の近くに人の塊が見えた。

「どうした、腰の物は飾りかっ」

「駆け込み者を大人しく引き渡せっ」

徹太郎と宮間を囲んだ数人の侍から罵声《ばせい》が飛んでいた。

顔を真っ赤にして我慢していた徹太郎の手が、刀の柄に掛かった。

「富坂、抜くなっ」

叫んだ六平太が、徹太郎と宮間を背にして石川家の数人と向き合った。

「石川對馬守家の連中だな」

いきなり家名を言われて、相手方がたじろいだ。

「駆け込み者を出せなどと難癖を付けた上に、相良道場の剣法をけなすようなことまで」

宮間が六平太に訴えた。

「われらにいたぶられてなんの手向かいも出来んのは、腰抜け剣法だからであろうが」

石川家の家臣の一人が声を張り上げた。

「相良道場の剣法がどういうものか、披露しようか」

一歩前に出た六平太が、相手方を見回した。

「われらの剣法を知らずには、けなすことも出来ねぇだろう？」

六平太の声は静かだった。

それがかえって相手を困惑させたのか、仲間同士、互いに顔を見合った。

「早く決めろ。こっちは昼飯前で気が立ってるんだ」

穏やかに言ったつもりだが、相手方は怯《おび》えたようにぴくりと身を引いた。

だが、その中に居た背の高い侍が、

「剣法は、いずれ見せてもらう」

胸をそびやかして吠《ほ》えた。

くるりと踵《きびす》を返すと、相手方は一塊になって坂を上って行った。

「面倒をお掛けして申し訳ありません」

徹太郎ら三人が、しおらしく頭を下げた。

「わたしと宮間は四谷谷町へ戻りますので、ここで」

一礼をした根本が宮間と連れだって、鮫ヶ橋表町の小路を左へ折れた。

「芝へ戻るのか」

「はい」

徹太郎が頷いた。

十河藩の江戸上屋敷は芝にあった。

「さっきの連中が引き返すとは思えんが、途中まで送ろう」

言うと、六平太が先に立った。

徹太郎がすぐに並び、稲荷前《いなりまえ》へと坂を上がった。

千駄ヶ谷から赤坂を通る道筋である。

「道場の朋輩《ほうばい》から駆け込み人のことを聞きました」

徹太郎が、改まった声を出した。

「なんでも、国元から江戸に来た藩士の戸惑いを笑って揉《も》めたそうですが、わたしは、その駆け込みの男を許せません。見下げ果てたというか、わたしが斬《き》り捨てたいくらいです」

低く、吐き捨てるような声だった。

見掛けによらず、徹太郎には激しい一面があった。

徹太郎が国元の信濃《しなの》から江戸勤番になって三月《みつき》ばかりが経つ。

芝の藩邸で、江戸者の藩士に心ない物言いをされたことがあるのかも知れない。

「ここからの道は分かるか」

六平太は狸穴町《まみあなちょう》に差し掛かった辺りで足を止めた。

「増上寺《ぞうじょうじ》も見えますので」

徹太郎が大きく頷いた。

「じゃぁな」

片手を上げて、六平太は踵を返した。

十河藩の上屋敷に近づきたくないわけではなかったが、もし知った顔に会ったときのことを思うと億劫《おっくう》だった。

翌朝、四谷界隈《かいわい》には風が吹き荒れていた。

嵐《あらし》と言うほどではないが、不気味な雲行きだった。

だが、相良道場の門弟たちは大方が朝稽古に駆けつけていた。

「まるで野分《のわき》のようですねぇ」

六平太が道着に着替えていた小部屋に、矢島新九郎が飛び込んできた。

「秋月さん、今朝も音羽からだとか」

「あぁ。坂道を上るのに往生したよ」

「雨が降らないだけましでしたね」

新九郎も急ぎ道着に着替え始めた。

二人の道着が汗に濡《ぬ》れれば、下男の源助が洗って乾かし、着替えの部屋に置いていてくれるのだ。

二人は揃って道場に行くと、既に素振りをしていた数人の門弟に混じって木刀を振りはじめた。

型の振りを四半刻《しはんとき》（約三十分）ばかり続けると、六平太の顔に汗が噴き出した。

「おう、龍虎《りゅうこ》が揃っているな」

道場に現れた相良庄三郎が、眼を細めて六平太と新九郎を見た。

かなり以前、庄三郎が六平太と新九郎を『相良道場の龍虎』だと口にしたことがあった。

「どうだ。皆の前で手合わせをしてみぬか」

「是非お願いしたい」

新九郎が即座に応じた。

「木刀では気骨が折れる。竹刀でもよろしいか」

六平太も受けた。

庄三郎に促された門弟が、六平太と新九郎に竹刀を手渡した。

六平太と新九郎が向き合うと、道場内がしんと静まった。

「はじめ」

立会人の庄三郎の声がかかった。

壁板近くに座った他の門弟たちが、正眼に構えた〈龍虎〉を注視した。

つつっ、六平太が踏み出すと、つつっと新九郎が横に回り込んだ。

それを二、三度、お互いに繰り返した瞬時、

「トアッ！」

吠えるような気合とともに、斜め上段から新九郎の竹刀が六平太の頭に振り下ろされた。

竹刀を横に寝かせて避《よ》けた六平太が、弾《はじ》き返すと見せかけて瞬時に身体を捻ると、竹刀を引いて新九郎の勢いを脇に流した。

勢い余った新九郎だが、片足で踏ん張るとすぐさま下段から振り上げた。

六平太は咄嗟《とっさ》に後ろに飛んだ。

新九郎の返し技にあやうく胴を打たれるところだった。

正眼の六平太が間合いを取って向き合うと、新九郎が上段に構えた。

見ている門弟たちが息を詰めていた。

「頼もう」

道場の外から鋭い声がした。

「やめ」

庄三郎の声で、六平太と新九郎が構えを解いた。

素早く外の様子を見に行った門弟の一人が戻ってきて、

「門前に侍が五、六人立って、先生に一手ご指南をと申しております」

険しい顔で告げた。

「会おう」

玄関に向かう庄三郎に、六平太と新九郎が従って、式台に出た。

門の外に、袴の裾を風になびかせた侍が六人、射るような眼差《まなざ》しで立っていた。

「そこでは遠い。入られよ」

門を潜った侍たちが式台の前に並んだ。

「それがし、石川對馬守家『烈志館』、剣術指南、唐沢信兵衛《からさわしんべえ》と申す」

角ばった精悍《せいかん》な顔つきの男が名乗った。
三十七、八だろうか。
「立身流道場の相良庄三郎殿と手合わせ願いたくまかり越した。是非にも一手立ち合い下されたい」

「唐沢殿の流派を聞こう」

庄三郎の声は落ち着いていた。

「それがしは香取神道流《かとりしんとう》。他流との手合わせは致さぬとは申されるな。こちらの門人が、相良道場の剣法をうんぬんするなら、知ってからにしろと口走られた由。我らはせっかくのお申し出を受けることにした次第」

昨日、徹太郎らを取り囲んだ連中の一人に六平太が投げかけた言葉だった。

唐沢信兵衛の後ろに並んだ連れの中に、背の高い男の顔があった。

「よろしい。入られよ」

庄三郎が応じた。

道場に戻ると、庄三郎が神棚の前に座った。

その両脇に六平太と新九郎が控えた。

相良道場の門弟たちが座って見守る中、信兵衛と連れの五人が入って来た。

「わが『烈志館』の門人に立ち合いを見せたいゆえ、お許しを」

連れの連中が一角に並んで座ると、信兵衛が道場の真ん中に座った。

「こちらのお相手はわたしが」

六平太が、立ちかけた庄三郎を制して言った。

「秋月さん、是非わたしに」

新九郎が六平太を向いた。

「それがしは、相良庄三郎殿との立ち合いを願ったが」

信兵衛が眉間《みけん》に皺《しわ》を寄せた。

「相良道場の剣法を知ってからにしろと言ったのはおれだ。張本人のおれが請け合うのが筋だと思うが」

わずかに思案した信兵衛が連れの方を見た時、背の高い男が小さく頷いた。

「よかろう。そこもとのお名は」

「秋月六平太」

「真剣でと言いたいところだが、木刀でよろしいか」

「結構」

六平太が立ち上がって木刀掛けから一本手にして、信兵衛の前に歩を進めた。

襷《たすき》を掛けた信兵衛も、木刀を摑んだ。

「立ち合いを前に申しておきたい。何があっても他の者の手出しは一切無用。正々堂々の立ち合いゆえ、勝っても負けても遺恨を残さぬこと」

庄三郎が、張りのある声で一同を見回した。

「それがしが勝った時のことだが、欲しいものがある」

「道場の看板かっ」

相良道場の門弟から怒りの声が上がった。

「いいや。こちらに駆け込んだ侍いち人」

「そのような者、ここには居らぬが」

庄三郎が、まともに信兵衛を見て答えた。

「では、看板でよい」

信兵衛が冷ややかな顔で言った。

「ならば、おれが勝ったら何をくれる?」

「勝つ、と」

信兵衛が呆《あき》れたように六平太を見た。

「勝負は時の運だよ」

「なにが欲しい」

「石川家下屋敷の連中の無作法、近所迷惑な振る舞いをやめさせることだ」

「万が一負けたら請け合おう」

口にした信兵衛の顔に不敵な笑みが浮かんだ。

「では、勝負は一本」

立ち会いに立った庄三郎から声が掛かった。

作法通り一礼をすると、六平太と信兵衛が木刀を向け合って対峙《たいじ》した。

様子を窺うように切っ先で突き合い、さらに円を描くように二人とも足を運んだ。

「たぁっ！」

信兵衛の木刀が、上段から唸《うな》りを上げて六平太の胸先をかすめた。

すぐさま、二度三度と突きを入れた六平太の木刀を、信兵衛が左右にかわした。

詰めれば引き、引いては詰めることを繰り返したが、木刀のぶつかる音だけが響くだけで、お互い一撃を浴びせるまでには至らない。

信兵衛の太刀筋は剛健で、身もしなやかである。

動きまわって四半刻が経つと、六平太も信兵衛も、切っ先を向け合ったまま微動だにしなくなった。

これまでは互角と言えた。

見ている者たちにしわぶき一つなかった。

六平太の握った木刀から汗が滴った。

手から力も抜け始めていた。

一度動けば恐らく決着がつくはずだった。だからこそ、六平太も信兵衛も動けないでいた。

信兵衛が木刀を摑んだ手に力を込めた時、柄尻の左手がつるりと汗に滑った。

同時に、

「くう」

膠着《こうちゃく》した空気を打ち破るように六平太の腹が鳴った。

六平太がすっと後退《あとずさ》って構えを解いた。

「引き分けだな」

「何をばかなっ。勝負がつくまで闘うのが立ち合いの常道だ」

信兵衛が、六平太に木刀を向けたまま叫んだ。

「剣を引くなど、武士の恥と思わんのか」

「生憎、そういうものの持ち合わせはないんだ」

言葉を失った信兵衛の目が憤怒を漲《みなぎ》らせて見開かれた。

「ただ、空腹には勝てん」

六平太の言いように、信兵衛の頬《ほお》がひくひくと引きつった。

「勝負はともかく、相良道場の剣法というものはご覧になったと思うが、如何《いかが》」

庄三郎が信兵衛に眼を向けると静かに問いかけた。

「見下げ果てた道場だっ」

木刀を床に叩きつけた信兵衛が、荒々しい足音を立てて表へと出て行った。

連れの連中が慌てて後を追って出た。

「秋月さんは、腹の虫が鳴く前に勝てましたね」

近づいた新九郎が笑いかけた。

「どうかな」

「いや、相手の左手が滑った時に打ち込んでいれば勝負はついてましたよ」

新九郎も相手の隙を見逃していなかった。

「これでよい。勝負をつければ武家の面目を潰《つぶ》して更に亀裂《きれつ》を深くしてしまう」

淡々と口にして、庄三郎が六平太に頷いた。

四

障子の開け放された母屋の離れを、先刻より弱くなった風が吹き抜けていた。

離れの外の樹間を薄日が射した。

庄三郎と並んだ六平太と新九郎を前に、邦士郎一人が萎れていた。

石川對馬守家の道場、『烈志館』の指南役が押しかけたと知って、身の危うさに心を竦《すく》ませていた。

朝の稽古の後、六平太と新九郎が庄三郎と共に昼餉のお相伴に与《あずか》った時、「横田邦士郎の今後についていて話し合いをすべきかと思います」

新九郎が庄三郎に進言した。

庄三郎が受け入れて、邦士郎を離れに呼んだばかりである。

「そなたに行く当てがないことは秋月から聞いている」

「はい」

邦士郎が、蚊の鳴くような声で頷いた。

「当てがあろうがなかろうが、我らとしては、石川家の者に知られることなく道場から逃がすことにした」

「はい。そのあとのことは、わたしがなんとか――」

心もとない声で庄三郎に頭を下げた。

「なんとかなるのか」

六平太が昨日話した限りでは、邦士郎になんとかやりそうな気概は見受けられなかった。

「武士を捨てます」

余りの言葉に、六平太たちが思わず顔を見合わせた。

「江戸を離れて、絵師の道もあろうかと思いまして」

諸国を経巡《へめぐ》る旅の絵師にでもなると、邦士郎が口にした。

「二、三年前から、お屋敷には内証で、描いた絵をよしみの小間物屋に売っております」

「ほう」

庄三郎が声を出した。

「絵で身が立つかどうかは分かりませんが、描くのは好きです。それもこれも、平素の下屋敷にこれという仕事がないお蔭《かげ》です」

恨みがましい物言いではなく、淡々と続けた。

どの大名家も同じだが、下屋敷は国元の家臣が江戸に来た時の宿泊所であり、味噌《みそ》や米、酒や醤油《しょうゆ》など、もろもろの食糧の保管庫でもあった。

敷地内には菜物、根菜などの畑もあり、厩舎《きゅうしゃ》、鍛冶場、製材、精米の作業場も備えてある。天災で上屋敷が破壊された時は藩主一族の避難所にもなった。

普段の下屋敷の暮らしはのんびりしたものだった。

規則もゆるやかで、気ままに振る舞えた。

手慰みで始めた盆栽や花いじりが高じて、商売にする藩士がいることは六平太も知っていた。

「わたしの場合は、絵なのです」

邦士郎が能天気に笑みを浮かべた。

「江戸を出たら、まずは甲斐《かい》国を目指します。はるか遠くにしか目にしたことのない富士の山を間近に見て、描いてみたいのです」

「だが、通行手形が要るぞ」

「関所のある小仏峠《こぼとけとうげ》を避けて、八王子《はちおうじ》から南に下ればなんとかなります」

邦士郎の楽天ぶりに、新九郎が顔をしかめた。

大名家の家臣と言いながら、暇な下屋敷でちゃっかりと己の趣味を追っていた邦士郎に、六平太は妙な親しみを覚えていた。

表に出なくても、日の射さない隙間で生きる術《すべ》を見つけてしまう逞《たくま》しさが微笑ましい。

「懸案は、如何《いか》にしてこの者を道場から出すかだが」

庄三郎が腕を組んだ。

駆け込み者などいないというこちら側の言い分を石川家は信じてはいまい。坂上にも道場の裏門にも監視の目があると思った方がいい。

相手には大名家としての意地があるはずだ、夜も油断は出来なかった。

「駿河屋《するがや》さん、空いた樽《たる》を持ち帰ってもらいたいんだがな」

「へえい」

源助と出入りの商人のやりとりが、台所の方から届いた。

「出入りの商人の車か何かに乗せて出すというのはどうかな」

新九郎が一計を案じたが、こそこそ動けばかえって怪しまれる恐れがある。

「七月なら、井戸替えという手があるのですが」

ぽつりと呟いた六平太を、庄三郎と新九郎が見た。

六平太は、二年前、元鳥越の家を井戸替えした時のことを思い出していた。

佐和と夫婦になる前の音吉が、鳶の若い衆を何人か引き連れて来て、あっという間に井戸を浚《さら》ってくれたのだ。

人を集めれば、その帰りに邦士郎を紛れこませる算段も立つ。

「井戸替えは七月七日というのが慣例ですが、先生、遅めの井戸替えをしませんか。こちらを正々堂々、ここから出せるかもしれません」

六平太が邦士郎に眼を向けた。

邦士郎はただ、ぽかんと口を半開きにしていた。


東の空が明るくなった頃、六平太は源助と共に相良道場の門を開けた。

表で立ち止まっていた侍が、慌てて立ち去った。

六平太が唐沢信兵衛と立ち合った二日後の朝である。

「秋月様、朝餉の支度は出来ていますので」

源助が先に立って台所へと案内してくれた。

六平太は前夜から道場に泊まりこんでいた。

六平太と庄三郎が朝餉を食べ終わった頃、源助が台所に入って来て、

「井戸替えのみなさんがおいでになったので、井戸にお連れしました」

低い声で告げた。

「先生は中でお待ちを」

六平太は土間に降りて、裏庭に出た。

尻っ端折りをした頰被《ほおかぶ》りの男たちが五人、曳《ひ》き入れた荷車から笊《ざる》や桶《おけ》など、井戸替

えの道具を下ろしていた。

「秋月様」

頬被りを取って頭を下げたのは、毘沙門の若い衆、六助だった。

「ここの中で顔を見られることはねぇから、取んな」

弥太《やた》、竹市、それにあとの二人も顔を晒《さら》した。

道場に来る際は頬被りをと、六平太が昨日の内に頼んでおいたのだ。

「遅れましたかな」

神官姿の熊八が、同じ恰好《かっこう》をした仲間と共に現れた。

六平太は、出来るだけ大勢の人間を道場内に入り込ませたかった。

「秋月さん、表で、見掛けたことのある石川家の奴が窺っていました」

門弟の安井と共に現れた徹太郎が小声で言った。

今日の井戸替えの経緯《いきさつ》は門弟たちにも伝えてあった。

「さっき門の外で、侍に何ごとかと聞かれましたんで、正直に井戸替えだと言っておきました」

弥太が答えると、

「井戸替えは七日のはずだが」

石川家の侍が首を捻ったと言う。

「七月七日は他の井戸替えも請け負っておりまして、日延べをさせていただきました」

井戸替え屋に成り済ました弥太はさらに、

「道場のご門弟の方々も、七日はそれぞれの家で井戸替えやら七夕の行事もあるとかで、遅めの井戸替えとなった次第で」

大奥に於《お》いても七夕の行事が執り行われることは武家なら耳にしたこともあるのだろう、それ以上問い詰めることなく石川家の侍は立ち去ったという。

「うん、それでいい」

六平太が弥太に頷いた。

「取りかかってもらおうか」

毘沙門の若い衆たちが頷いた。

熊八が井戸の蓋《ふた》に塩と榊《さかき》を載せた三方を置き、連れと共になにやら朗々と唸り始めた。

その声は恐らく外にも届いているはずだ。

毘沙門の若い衆の手際がよく、井戸替えの作業は九つ（十二時頃）前に済んだ。

六平太が庄三郎に付いて台所に行くと、框に掛けたり土間に立ったりして握り飯を頬張っていた毘沙門の若い衆が軽く頭を下げた。

その中に混じっていた熊八は、口一杯に飯を頬張っていた。

熊八の仲間は朝のうちに引き揚げていた。

「今日は助かったよ」

六平太が労《ねぎら》いの声を掛けた。

「なんの。飯までご馳走《ちそう》になりまして」

「ご馳走になりました」

弥太に続いて、毘沙門の連中が声を揃えた。

「これは些少《さしょう》だが」

庄三郎が、畳んだ半紙を弥太に差し出すと、

「先生、そりゃいけません」

弥太が大きく手を振った。

「汗かき料だよ」

「こんなもん頂くと、うちの親方にどやされます」

竹市ら他の若い衆も神妙に相槌《あいづち》を打った。

「先生、毘沙門の連中はこういう気風《きふう》でして」

六平太がいうと、微笑んだ庄三郎が紙包を自分の袂《たもと》に落とした。

「熊さんは後でおれが奢《おご》るからよ」

熊八はほっとしたように目尻《めじり》を下げた。

「お待たせしました」

普段着に気替えた六助が、弥太ら毘沙門の連中と変わらない装《な》りをした邦士郎を連れて板張りに現れた。

「こんなものでよろしいので？」

邦士郎が、六平太を不安げに見た。

「いいだろう」

「背格好は六助と変わらねぇし、それに頬被りをすりゃどう見たっておれらの身内だ」

竹市が太鼓判を押した。

自分の装りを見た邦士郎が、大きく息を吐いた。

「じゃ、わたしらはそろそろ」

弥太がいうと、若い衆が急ぎ頬被りをした。

「おまえさんもだよ」

六平太が促すと、邦士郎も頬被りをして土間に降りた。

「行くぞ」

庄三郎と六助を残して台所を出ると、六平太が先導して門へと向かった。

門の近くには既に道具を積んだ荷車が置かれていた。

「じゃ、よろしくたのむぜ」

「へい」

荷車を曳いた毘沙門の連中と邦士郎が門を出ると、六平太も外に出た。

頬被りの五人が荷車を囲んで坂を下って行った。

門の中に戻りかけた六平太は、坂の途中の物蔭から窺う見張りに気付いた。

その様子には、去って行った毘沙門の連中を怪しんでいる気配はなかった。


八つ半（三時頃）に昼の稽古が終わって、道場には静けさが戻っていた。

日が西に傾いた七つ半（五時頃）、六平太が台所を出た。

「頼むぜ」

声を掛けると、道場に残る六助が戸の隙間から目顔で頷いた。

門を出た六平太が、坂を下った。

道場の裏門近くにいた石川家の見張りが、六平太の方に首を伸ばしたが、異変に気付いた様子はなかった。

尾張家屋敷の塀にぶつかる丁字路で左に曲がり、六平太は音羽へと足を向けた。

六平太は、努めてのんびりと音羽へと向かったが、あとを付けられた気配は感じなかった。

江戸川の流れがきらきらと西日を跳ね返していた。

護国寺門前の大通りから、昼間の名残のようなざわめきが江戸川橋に届いていた。

六平太が、橋を渡ってすぐの毘沙門の甚五郎の家に飛び込んだ。

「こりゃ秋月さん」

框に掛けて、若い者に肩を揉ませていた甚五郎が顔を向けた。

「弥太と竹市を呼んできな」

甚五郎に言われて、肩を揉んでいた若い衆が奥へ急いだ。

「親方、今日は若い衆を差し向けてくれて礼のしようがない」

甚五郎が笑顔で手を左右に振った。

「お呼びで」

弥太が竹市と連れだって現れた。

「例のお侍は、この二人が内藤新宿で見送りましたので」

弥太と竹市が、六平太に頷いた。

毘沙門の連中に混じっていた邦士郎は、相良道場を出たあと、一旦《いったん》、甚五郎の家に立ち寄っていた。

あとを付けられていないことを確かめて、弥太と竹市が内藤新宿の外れまで案内して、甲州街道を西に向かう邦士郎を見送ったという。

「別れ際、あのお侍がさめざめと泣き出しましてね」

弥太が苦笑いを浮かべた。

「ありゃ、命が助かった嬉しさか、江戸を離れる寂しさの涙かは分かりませんが、あれで世渡りが出来るんですかねぇ」

竹市が首を捻った。

「とにかく、秋月さんにはくれぐれも礼を言ってくれと言付かっております」

六平太が弥太に頷いた。

「昼間、お侍に会いましたが、竹市が心配するのももっともですよ。男気といいますか、茨《いばら》の道もいとわないというような覇気ってものが見受けられませんでした」

甚五郎がつるりと顎《あご》を撫《な》でた。

「その上、武家勤めしかしたことのないあのお人が、他国で世渡りをするのは難儀なことですな」

甚五郎のいうことは、六平太も同感だった。

しかし、江戸に残って、石川家の連中からびくびく逃げ回るよりましなのかも知れない。

「秋月さん、いましたね」

外から顔を覗かせた熊八が、日に焼けた顔を綻《ほころ》ばせた。

「入んなよ」

甚五郎に促されて、願人坊主に装りを変えた熊八が土間に立った。

「さっき四谷を通りましたので、道場の近くに行ってみましたら、坂の上下から窺っている侍の姿がありました」

「てことは、向こうは、邦士郎さんがまだ道場に居ると思ってるってことですぜ」

弥太が、ふふと笑った。

「それとは別に、こちらをじっと見ている侍が」

熊八が表を指さした。

土間の奥に場所を変えた六平太が、障子を少し開けて外を覗いた。

「いますか」

「いる」

六平太が、外を見たまま甚五郎に答えた。

江戸川橋近くの柳の木の下に身じろぎもせず突っ立っていたのは、唐沢信兵衛だった。

次第に暮れて行く音羽の大通りを、六平太が護国寺門前へと向かった。

仕事を終えた棒手振《ぼてふ》りや職人たちが足早に行き交った。

六平太はゆっくりと足を運んだ。

それに合わせるような足取りが、背後に付いて来ていた。

「あら、まだ居たのかい」

客を漁《あさ》っていた楊弓場のお蘭が、素《す》っ頓狂《とんきょう》な声をあげた。

「よっぽどあたしの傍《そば》を離れられないようだねっ」

「そうなんだよ」

「アハハ、もう、嘘ばっかりっ」

六平太の右腕が、お蘭の両手にばしばしと叩かれた。

「じゃぁな」

軽く手を上げて、六平太は護国寺門前の方へと向かった。

「お帰りなさいまし」

音羽一丁目の旅籠『桔梗屋』の暖簾《のれん》を潜ると、女中が声を張り上げた。

土間に入ってすぐ、六平太は身を隠して外を覗いた。

『桔梗屋』の構えを見回していた唐沢信兵衛が、険しい顔つきのまま踵を返した。

五

翌日、『桔梗屋』を引き払った六平太は、護国寺の門を潜った。

朝の境内に入るのは久しぶりのことだった。

境内には、どこからともなく線香の香りが漂い、読経の声もしていた。

参拝客や旅装の行楽客の姿がかなりの数見受けられた。

「明朝五つ（八時頃）、護国寺境内の茶店『みかさ屋』で」

昨夜、『桔梗屋』に甚五郎からの伝言が届いた。

『みかさ屋』は門を入って半町（約五十四・五メートル）のところにあった。

「いらっしゃいませ」

小女《こおんな》の声に、表の床几《しょうぎ》に腰掛けていた甚五郎とお照が六平太に軽く頭を下げた。

二人に向き合って腰を掛けた六平太は、小女に茶を頼んだ。

「たったいま、お八重ちゃんの縁談の進み具合を聞こうとしていたところでして」

甚五郎が言った。

内藤新宿の料理屋『瀧のや』の若旦那、清寿郎の嫁取りに関して、主である父親が八重の名を挙げた一件である。

お照が、訝《いぶか》しげに二人を見た。

「実はねお照さん、菊次の奴が前々からお八重ちゃんに思いを抱いていてね。ここんとこの菊次の沈み様はその縁談のせいじゃないかとさ」

「いやなにも、お八重ちゃんを菊次にというつもりはないんだ」

甚五郎が、六平太を引き継いで言い添えた。

「お照さんには、この先、菊次の思いを知っていてもらった方がいいだろうと、秋月さんとこうして」

「菊次の胸ん中はとっくに気付いてましたよ」

お照が事も無げに言った。

居酒屋『吾作』で一日の大半を過ごすお照のことだ、菊次の腹は手に取るように分かるのだろう。

縁談については、その後『瀧のや』の主からは何も言って来ないと、お照は言った。

「清寿郎さんにすれば、小さい時分から妹のように親しくしてくれてましたから、八重と夫婦にと言われても、迷ってお出《い》でなんじゃありませんかねぇ。八重にしても、縁談の事はすっかり頭から抜けているようでして」

六平太と甚五郎を見て、お照が笑った。

「菊次の事をお八重ちゃんはどう思ってるのかね」

六平太の気掛かりはそこだった。

「気の良い兄さんとしか、思ってないんじゃありませんか」

「けどお照さん、気持ちの奥底は端《はた》からは窺い知れないもんだよ」

甚五郎がため息交じりに呟いた。

「ともかく、『瀧のや』さんから縁談について何か言って来ても、菊次さんの耳には入れないようにしますよ」

六平太と甚五郎は、頷くしかなかった。

触らぬ神に祟《たた》りなしということだ。


護国寺からの帰り、桜木町で甚五郎と分かれた六平太は四谷を目指した。

相良道場に立ち寄って、居残りにしていた六助を音羽に帰さなければならない。

六平太が道場の門を潜った途端、足音を荒らげ、肩を怒らせた侍数人が中から飛び出して来た。

後に続いた庄三郎と、坂田、安井ら門弟が四人ばかり、式台に並んだ。

「なにごとですか」

六平太が問いかけると、

「駆け込んだ者が居るはずだと申されるゆえ、家探しをして頂いた」

庄三郎が穏やかに答えた。

「居たのかな」

侍どもを率いていた信兵衛に声を掛けた。

足を止めた信兵衛が、血走った眼を六平太に向けた。

「居なかったようだな」

何も答えず、信兵衛ら数人は袴を撥《は》ね上げて門から出て行った。

信兵衛らが坂下の角から消えたのを確かめた六平太が、

「横田邦士郎は甲州路《こうしゅうじ》を西に向かいました」

式台に近づいて囁くと、庄三郎が小さく頷いた。

「秋月さん、どうも」

並んだ門弟の隙間から六助が顔を出した。

「居残りさせてすまなかった」

「なんの。剣術の道場に寝泊まりは初めてで、へへ、なんだかわくわくしましたよ。それに、飯やら酒やらご馳走になっちまって」

庄三郎や門弟たちに頭を下げると、六助は懐に突っ込んでいた草履をぽんと放った。

「それじゃ先生、みなさん」

「六助、いつでも顔を出すがよい」

庄三郎から声が掛かった。

「わたしもこれで」

「六平太、こたびは骨折りだったな」

「いえ」

庄三郎に一礼すると、六平太は六助と共に門を出た。


盂蘭盆が過ぎて三日も経つというのに、日が昇るにつれて残暑がきつくなった。

四谷の相良道場で六助と分かれた六平太は、堀端の道を湯島へと向かっていた。

市ヶ谷御門前を過ぎたあたりで、付けられていることは気づいていた。

振り返ることはしなかったが、唐沢信兵衛の足取りによく似ていた。

六平太は、お茶ノ水の坂を上り切った辺りで左に折れた。

眼の前に、柵《さく》で仕切られた桜の馬場があった。

六平太が柵に凭《もた》れていると、坂を駆け上がって来た信兵衛が眼を見開いて立ち止まった。

「おれになにか用か」

「お主、よくも我らを虚仮《こけ》にしたな」

つかつかと歩み寄った信兵衛が、行く手を阻むように六平太の前に立ち塞《ふさ》がった。

「道場の家探しをさせたのは、横田邦士郎を道場から逃がしたからであろう」

「そんな者は、もともといなかったのさ」

「こちらへ」

信兵衛が先に立った。

六平太は、信兵衛に続いて馬場の中に入った。

立ち止まった信兵衛が、振り向き様、すらりと刀を抜いた。

「お主も抜け」

「おれは、わけの分からん斬り合いはしねぇよ」

「わけの分からんとは、よくも――！」

信兵衛の眼がかっと見開かれた。

「某《それがし》はこれまで幾度となく立ち合ったが、ただの一度も負けたことはない。互角で分けた立ち合いもない。某にとって、引き分けは負けと同じだ。恥だっ」

「それはそっちの言い分だ」

「その方と、真剣で勝負をしたい」

「いやだ」

何か言いかけた信兵衛が、言葉を失ったように口を半開きにした。

「このように正々堂々の立ち合いを求められたというのに、断るなど卑怯《ひきょう》ではないか」

「お武家の理屈はそうだろうが、おれは気ままな浪人だ。卑怯だろうとなんだろうと、気の進まん喧嘩《けんか》はしないんだよ」

「喧嘩だと」

「ともかく、お武家が口にする意地も面目も、おれには持ち合わせがなくてね」

信兵衛が、信じられないものを見るように黙り込んだ。

「お前さん、国はどこだ」

六平太は、信兵衛の物言いから江戸生まれではないと感じていた。

「田舎侍だと言いたいのか」

「そうじゃねぇ」

「お主も、国元の藩士を馬鹿にした横田邦士郎と同類の江戸者のようだ」

「同類とは恐れ入る」

「わしは、そのようなお主に勝てなかったのかっ」

信兵衛が、忌々《いまいま》しげに口を歪《ゆが》めた。

「勝負事には、そんなこともあるもんだ」

六平太が、柵の外に足を向けた。

「お主を倒すまでわしの気は晴れん。いずれ、必ず勝つっ！」

六平太の背に、信兵衛の声が突き刺さった。

月が替わって、八月初めの昼下がりのことだった。

「ちょっと付き合って頂きたいんで」

毘沙門の甚五郎に誘われた六平太は、品川へと向かった。

「面白いものが見られるかもしれません」

甚五郎は詳しいことを口にしなかった。

甚五郎と顔を合わせるのは、横田邦士郎が江戸を去った日以来だから、およそ半月ぶりだった。

品川宿に着くと、六平太を表に待たせて、甚五郎が一軒の家に入って行った。

その家には何人かの男の出入りがあったが、風体から、宿場の裏を取り仕切る顔役の家のようだった。

「こちらへ」

家から出て来た甚五郎が先に立った。

甚五郎に連れられて行ったのは、道の両側に妓楼《ぎろう》や料理屋、居酒屋などが立ち並ぶ岡場所だった。

見回した甚五郎が、六平太を小ぶりな本屋へと導いた。

店頭にならんでいるのは人情本や好色本の数々だった。

「今枝邦西《いまえだほうさい》の絵はあるかね」

甚五郎が、板張りの隅に座りこんでいた五十ばかりの親父に声を掛けた。

小さく頷いた親父は、簞笥《たんす》の引き出しから数枚の絵を取り出して土間近くに並べた。

男女の閨《ねや》の痴態が描かれた枕絵の数々だった。

「これを買いに来たわけじゃあるまいね」

六平太が聞くと、

「この今枝邦西って絵師の絵が、このあたりじゃ評判だそうです」

六平太を向いた甚五郎が、小さく笑った。

「江戸見物や妓楼帰りの方々がよくお求めになります」

親父が抑揚のない声で説明した。

「聞くところによれば、十日ばかり前に品川に現れた絵師だそうです」

甚五郎が、淡々と言い添えた。

「四、五日前ですが、品川じゃちょっとした顔役の所にうちの竹市を使いに出したんですが、その時、見覚えのある顔を見たといいましてね」

「親方それは」

六平太が思わず呟いた。

甚五郎が六平太にゆっくりと頷いた。

「ほら、あの人が今枝邦西先生ですよ」

本屋の親父が表を見遣った。

振り返った六平太の眼に、担ぎの貸本屋と思《おぼ》しき男と立ち話を始めた絵師の姿が飛び込んだ。

絵師の横顔は、紛れもなく横田邦士郎だった。

貸本屋と別れた邦士郎が歩き出すと同時に、六平太と甚五郎が通りに飛び出した。

本屋の少し先に立ち止まった邦士郎が、妓楼の二階から顔を出した女郎と親しげなやりとりをしていた。

「昼間の空いた妓楼に上がり込んで女郎の姿を描いて、それを枕絵の手本にしているそうです」

六平太の耳元で甚五郎が囁いた。

「石川家の者に見つかりでもしたらどうするつもりですかねぇ」

「もうこっちが心配することじゃありませんよ、親方」

「江戸を離れるとき散々気を揉んだものですが、見掛けによらず図太いお侍でしたねぇ」

甚五郎が苦笑いを洩らした。

すっかり岡場所に馴染んだ絵師に、横田邦士郎の面影はなかった。

思いもよらぬ変わりようを眼にすると、道場から逃がす算段に骨を折ったことが途端に空《むな》しく思える。

「それじゃまたね」

二階の女に手を振って、邦士郎が軽やかに通りを歩き出した。

六平太は、枕絵描きの絵師になる邦士郎のために拍子木を叩いて、次の木戸に送り出してやったようなものだ。

立ち止まって見送る六平太と甚五郎の足元で、海風が意地悪く砂を巻き上げた。

第三話　評判娘

一

雨戸を開けると、昨夜の風雨が大分収まっていた。

細帯を無造作に締めた寝巻姿の秋月六平太《あきづきろっぺいた》は、物干し場に身を乗り出していた。

いつもなら市兵衛店《いちべえだな》の二階からくっきりと見通せる浅草御蔵《あさくさおくら》の屋根が、小雨にかすんでいた。

布団の中でおぼろげに聞いた鐘は、明六つ（六時頃）だった。

それから半刻《はんとき》（約一時間）ばかりが経《た》った時刻である。

いつもなら人の行きかう足音や、居職《いじょく》の職人が箍《たが》を打つ音、鋳掛《いかけ》屋の音などが届くのだが、小雨交じりの風に押し流されているようだ。

六平太は欠伸《あくび》を嚙《か》み殺すと、障子を閉めて寝巻のまま階下に降りた。

手拭《てぬぐい》を桶《おけ》に放《ほう》り込んで、井戸端に向かった。

「おや、今朝はのんびりですねぇ」

茶碗《ちゃわん》や箸《はし》を洗っていた、大家の孫七《まごしち》の女房が顔を上げた。

「この時期は、いつものことながら仕事の口が少なくてね」

「ま、そうだろうね」

女房が、釣瓶《つるべ》の水を六平太の桶に注いでくれた。

「すまんな」

六平太は、両掌《りょうて》に水を掬《すく》って顔に浴びせた。

立春から数えて二百十日と八朔《はっさく》（八月一日）は強い風が吹くという言い伝えがある。

越中《えっちゅう》ではこの時期、風鎮めの祭があるとも耳にした。

八朔から三日後の昨夜から今朝の夜明け前まで、野分《のわき》が唸《うな》りを上げて江戸を通り過ぎた。

「今日は留吉《とめきち》さんも家にいるし、忙しいのは三治《さんじ》さんと熊八《くまはち》さんくらいのもんだ」

孫七の女房は、噺家《はなしか》の三治がついさっき出掛けたのを見たという。

大道芸人の熊八は、托鉢僧《たくはつそう》の装《な》りで夜明けと共に出て行ったそうだ。

「小雨交じりじゃ、熊八の商売も難儀だろうに」

「わたしもそう言ったんだけどね」

女房が声を潜めた。

「なぁにおかみさん、小雨も風も一刻の内に収まり、やがて秋晴れとなるでしょう」

熊八は自信を持ってそういうと、手にした鈴を鳴らして長屋を出て行った。

江戸のあらゆる通りに立って、世の中の吉凶を説いては怪しげなお札や本を売る熊八は、天文についても一家言があった。

「それじゃお先に」

桶を抱えた女房が、井戸端近くの家に戻って行った。


六平太は、昨夕三治から貰《もら》った稲荷寿司《いなりずし》、大工の留吉の女房お常《つね》からのお裾《すそ》わけの煮物で朝餉《あさげ》を済ませた。

二階で着替えを終えると、刀を手に階下に降りた。

土間に降りて、甕《かめ》の水を一口含んで家を出ると、雨風はすっかり収まっていた。

「兄上、お盆の頃に行けなかったお寺参りに、折を見て行って下さいね」

妹の佐和《さわ》にそう言われていた六平太は、父や佐和の母の墓が在る寺に参るつもりだった。

「なんだよ、朝からごろごろと。なにを不貞腐《ふてくさ》れてるんだい」

路地にお常の声が轟《とどろ》いた。

「日ごろ苦労掛けてる女房を連れ出してさぁ、芝居見物がてら何か旨《うま》いものでも食べさせてやろうなんて気にはならないもんかねぇ」

「どうした」

六平太が、留吉の家に顔を突き入れた。

「野分のおかげで仕事が休みだっていうのに、おれは一日寝るってこうなんだよ」

手枕《てまくら》で横になった留吉の背中に、お常が膝《ひざ》を摺《す》り寄せていた。

「どうしたんだよ留さん」

六平太が土間に足を踏み入れても、留吉の背中は頑として動かない。

「お前、まだ例のことを拗《す》ねてるねっ」

お常が舌打ちをした。

例のことに、六平太は心当たりがあった。
五、六日前の夜のことだった。
六平太の家に現れた留吉を追って、お常が飛び込んで来た。

「この人がね、月末に大山《おおやま》参りに行くといい出したんですよ」

土間に仁王立ちしたお常がまくし立てた。

「お前も知ってるだろう、大雅《おおまさ》の棟梁《とうりよう》のとこに居た大工の伊三郎《いさぶろう》、あいつが大山参りに行くから、留吉おめぇも付き合えと、頭下げて頼まれたんだよ」

留吉が口を尖《とが》らせた。

「普段、信心しない癖に大山参りが聞いてあきれるよ」

お常が鼻で笑った。

相州《そうしゆう》中郡の雨降山《あふりやま》の大山阿夫利《あふり》神社に参るのが大山参りである。

それのみを目指す者もいるにはいた。

だが、多くの男共の楽しみは帰路の精進落としにあった。

大山道を藤沢《ふじさわ》か江の島に出て、街道沿いの宿場で酒と女に羽を伸ばすのだ。

そのことを、世の女房連はとっくにお見通しだった。

「分かったよぉ。伊三郎には断るよっ」

鼻の穴をふくらませた留吉が開き直った。

留吉はすっかり拗ねて、その翌朝、不機嫌なまま仕事に出て行った。

それが今日まで尾を引いていたようだ。

「おはようございます」

框《かまち》に掛けた六平太が振り向くと、戸口に博江《ひろえ》が立っていた。

「あら、お入んなさいよ」

横になったままの留吉の尻《しり》を叩《たた》くと、お常が笑顔を向けた。

「でも」

留吉夫婦の異変を感じて、博江が躊躇《ためら》った。

「ははは、なんでもないんだよ」

身を起こした留吉が、大きく手を打ち振った。

「なにごと」

お常が、博江を覗《のぞ》き込んだ。

「『斉賀屋《さいがや》』に行きましたら、今朝帰るはずの旦那《だんな》さんがお帰りじゃないというので、おかみさんが今日は休みにすると仰《おっしゃ》いまして」

『斉賀屋』は、博江が奉公している浅草御蔵近くの代書屋である。

兄の葬いに葛飾小岩田《かつしかこいわだ》に行った『斉賀屋』の主《あるじ》は、増水した中川で足止めを喰《く》らったのかも知れない。

「湯島から東叡山《とうえいざん》の方までのんびり歩いてみようかと。それで、久しぶりにこちらに」

博江が微笑《ほほえ》んだ。

湯島には、博江が死んだ夫と暮らした家があった。

「ちょいと秋月さん、どうせ暇なんだろうから、博江さんを案内してあげたらいいじゃないか」

「あ、うん、いや」

墓参りをどうするか、六平太が躊躇った。

「いえ。どうか気になさらず。では」

博江が、辞儀をして路地に出た。


六平太は小路《こうじ》を二つ三つ曲がって、鳥越明神脇《とりごえみょうじんわき》から表通りに出た。

湯島へと続く道に眼《め》を凝らした六平太が、半町（約五十四・五メートル）ばかり先を行く博江の後ろ姿を捉《とら》えた。

案内を躊躇ったことを嫌がったと思われたくなく、六平太は後を追って来た。

「博江殿」

足早に近づいて声を掛けると、博江がきょとんと振り向いた。

「いや、付添いの仕事もないし案内も出来なくはないのだが、墓参りやらなにやらがあって」

「それでわざわざ?」

「気を悪くしたんじゃないかと」

「いいえ」

「ならばいいが」

「お気になさいませんよう」

「では、いずれ折があれば——」

言いかけた六平太が後の言葉を飲んだ。

博江の背後に、近づいて来る唐沢信兵衛《からさわしんべえ》の姿があった。

六平太の視線を追った博江が、近くに立ち止まった信兵衛を見た。

「ではわたしは」

博江は、信兵衛にも会釈して湯島の方へと歩き出した。

その博江を信兵衛が眼で追った。

「ご妻女か？」

「なんの用だ」

信兵衛の問いに答えず、六平太が改まった物言いをした。

「あるところで、秋月六平太の住まいは元鳥越《もとどりごえ》だと耳にしたのでな」

信兵衛が辺りの光景に眼を巡らせた。

「用がないなら行くぞ」

「お主と、是非にも立ち合いたい」

信兵衛の声に、歩きかけた六平太が足を止めた。

「断ったはずだが」

「是非、受けてもらいたい」

射竦《いすく》めるように、信兵衛が六平太を見た。

「お前さん方は楽でいいな」

「なに」

「お家から月々俸禄《ほうろく》をもらう身と違って、こっちは己の才覚で稼がにゃ暮らしが立たんのだ」

信兵衛の眼が、微《かす》かに揺らいだ。

「暇を持て余してるお前さんなんかに付き合っちゃいられないんだ」

「お主、なにをして身を立てている」

「聞いて驚くな。泣く子も笑う付添い屋稼業よ」

身をひるがえした六平太が、甚内橋《じんないばし》の方へと向かった。

信兵衛が追ってくる気配はなかった。

神田岩本町は、真上からの日を浴びていた。

熊八の見立て通り秋晴れとなったが、商家の建ち並ぶ界隈《かいわい》にいつもの人通りはなく、静かだった。

新堀そばの東漸寺《とうぜんじ》で佐和の母の墓参りを済ませたあと、六平太は口入れ屋『もみじ庵《あん》』に向かっていた。

家主の市兵衛に月末の返済をした六平太の懐は寒く、仕事の口が欲しいところだった。

野分が去ったばかりにもかかわらず、『もみじ庵』は暖簾《のれん》を下げていた。

「秋月さん、幾つか口がありますよ」

帳場に座っていた親父《おやじ》の忠七《ちゆうしち》が、六平太が入るなり眼を細めた。

「実は、この何日かの間に女が立て続けに三人、何者かに襲われましてね」

忠七が声を潜めた。

襲われたのは、『当世　評判女』という見立番付の上位を占めた女三人だという。

「いったい何の評判がいいんだい」

「ま、美人に越したことはないようですが、娘とか年増《としま》とかに関《かか》わりなく、たとえば、あの料理屋の仲居は気風《きつぷ》がいいとか、どこそこの煙草《たばこ》屋の内儀が親切だとか、町々で評判の女を相撲《すもう》番付に見立ててあるんですよ」

大関、関脇に載った女のうちの三人が、顔を傷付けられたという。

その一件が起きたあと、番付に載った女を気遣う身内や店の雇い主が、仕事の行き帰りに用心棒をつけようとしていた。

「そりゃ付添いじゃなくて、ただの用心棒だろう」

「そりゃまぁそうですが、この手のものは秋月さんのように、腕に覚えのあるお人じゃないと務まりませんからね」

「危ない目に遭うのはご免だよ」

六平太の言いように、忠七が渋い顔をした。

「あとは、いつもの『飛騨屋《ひだや》』のお内儀と出戻りの娘さんの付添いくらいですが」

「『飛騨屋』のでいい」

六平太は請け合った。

『もみじ庵』を出た六平太は、日本橋へ通じる往還に出た。

蕎麦屋《そばや》にでも飛び込むつもりだったが、神田鍛冶町《かじちょう》でふと足を止めた。

番付に載った女の用心棒は断ったが、ことの背景には興味がそそられていた。

神田、日本橋界隈で御用聞きを務める目明かしの藤蔵《とうぞう》なら耳にしているかもしれなかった。

藤蔵の住まいは、鍛冶町から小路を西に入った神田上白壁町《かみしらかべちょう》にあった。

「なにごとですか」

奥から出て来た藤蔵が、三和土《たたき》に立った六平太に眼を見張った。

「こっちに来たついでに、ちと聞きたいことがあってね」

「近くの木戸番所へ行きましょうか」

藤蔵が履物を履いた。

六平太が、藤蔵と並んで歩きながら『当世　評判女』の番付上位の女が襲われた一件について聞くと、

「その話なら同業の者から聞いてます」

藤蔵が頷いた。

木戸番所に着くと、六平太と藤蔵は番所の親父が置いてくれた縁台に並んで掛けた。

「襲われたのは、浅草の花屋の女将《おかみ》、谷中《やなか》の茶店の女、深川の料理屋の女中だったと思います」

藤蔵が言った。

三人とも命に別条はなかったが、顔を切られたり、顔や着物に鉄漿《かね》をぶちまけられたりしたという。

「男に恨みでも買っていたもんかね」

「それもあるかも知れませんが」

「というと？」

「三人の女を襲ったのは、顔を隠していましたがどうも女のようです」

「番付の下の女が、上の者を妬《ねた》んだか」

藤蔵が小さく首を捻《ひね》った。

「番付に載ったり、それが上位だとなると、女の働く料理屋、水茶屋には男どもが押しかけるんですよ。そんな賑《にぎ》わいを近くで見せられる同業にすりゃ、妬みややっかみもありましょう」

「なるほど」

家付きの娘や奉公する女の評判は、商売の浮沈にも関わるらしい。

商売敵を蹴落《けお》とすには、女の評判を落とせばいいと、手っ取り早く考える輩《やから》がいるようだ。

「以前聞いたことがありますが、なんとか小町って番付に友達同士が載ったんですが、片方が小結を張って、片方が前頭三枚目になったとたん、二人の間はぷっつりと切れたそうです」

藤蔵の話に、六平太はふうと息を吐いた。

『もみじ庵』の仕事の口は、やはり断ってよかった。

二

日が西に傾いた鳥越明神前の道を、秋の七草売りが声を張り上げて御蔵の方に歩いて行った。

小路に入りかけて、六平太がふっと足を止めた。

鳥越明神の庇《ひさし》にあった巣からつばめの姿が消えていた。

南方へ帰って行ったようだ。

六平太は市兵衛店に向かって、小路へと入った。

「七草だよ、七草はいかが」

遠くで売り声がした。

「秋月さん、ちょっと」

市兵衛店の門を潜《くぐ》って家に向かいかけた時、留吉の家の前でお常から声が掛かった。

仕方なく家を覗くと、留吉とお常の前に三治がいた。

「夫婦喧嘩《げんか》の仲裁じゃなさそうだな」

「秋月さん、それより大ごとですよ」

三治が囁《ささや》いた。

「これを見てもらいてぇ」

留吉が、三治の前に置かれた刷り物を指さした。

「ほう、これは――」

土間に入り込んで、六平太が見た刷り物には『当世　評判女』の表題があった。

「今日、ご贔屓《ひいき》のみなさんと料理屋に繰り出したんですが、そこの女将がこれをくれましてくれ
ました」

三治は噺家だが、ときにはお店の旦那衆《だんな》の腰巾着《こしぎんちゃく》にもなる。

「三治さんは、この番付に博江さんが載ってるって言うんだけどさぁ」

「こいつはさっきから、信じられねぇって言い張るのよ」

留吉が顎《あご》でお常を指した。

「お常さん、ほらここ」

三治が番付に指を置いた。

「わたしは字が読めないって言ってるだろう。お前さん読めるのかい」

「おれだって読めねぇことぐらい分かってるだろう」

留吉が胸を張った。

「三治、どこだ」

「東の前頭八枚目」

大関など三役に比べると、前頭の文字はかなり小さい。

番付に顔を近づけた六平太が、前頭筆頭に置いた指を、順次左へ動かした。

「あった」

六平太の声に、留吉とお常が番付に顔を近づけた。

「いいかい、こう書いてある。浅草元旅籠町《もとはたごちょう》、代書屋『斉賀屋』博江。楚々《それ》としてまことにたおやかなり、ね」

三治が、六平太から留吉、お常へと顔を巡らせた。

上位の女三人が襲われたという、評判女の番付だった。

「しかし三治、これは誰がどういう目安で決めるんだ？」

「ま、はっきり言いまして、選ぶ方の勝手でしょ」

「これはどこの誰が出してるんだ」

「それは分かりませんが、大方、金持ちか戯作者《げさくしゃ》あたりの道楽ですよ。ほらこの、野《の》見《み》の宿禰《すくね》って版元の名前にしたって、九郎判官《くろうほうがん》て行司の名前にしたって、おふざけですからね」

こういうことについて、三治は詳しい。

評判女の番付に載るのは何も美人とは限らない。

客あしらい、気風、愛嬌《あいきょう》など評価の基準は様々だった。

「だけども、これはいわば人気番付ですから、世の男どもの好奇心やらなにやらをくすぐるわけです。番付に載った女を一目見てみたい、女が働く店に行ってみようなんてね」

三治によれば、評判女を浮世絵にしたいと、絵師が通い詰めることもあるそうだ。

「八枚目とはいえ、博江さんが載ったというのは快挙と言っていいでしょう。なにせ、江戸に何千何万といる女の殆《ほと》んどが縁のないものですからね。お常さんも」

「わるかったねっ」

お常が、真顔で口を尖らせた。

大川の水が茶色く濁っていた。

野分が降らせた雨のせいだろう。

岸辺に引っ掛かった折れた木の枝や塵芥が、黒くよどんで水に揺れていた。

六平太は、大川橋の西岸、竹町《たけちょう》の渡し近くで石に腰掛けていた。

空を覆っていた雲が切れて、すっと朝日が射《さ》した。

野分が去って丸一日が経っていた。

川下から一艘《そう》の屋根船が近づくのを見て、六平太が腰を上げた。

船の中から手を振っている登世《とせ》の傍で、母親のおかねが頭を下げた。

木場《きば》の材木商『飛騨屋』の母娘《おやこ》だった。

「四万六千日《しまんろくせんにち》のお参りが出来なかったのはなんとしても悔やまれます。月をまたぎましたがせめて浅草寺《せんそうじ》に行って閻魔《えんま》参りをします」

『飛騨屋』から神田の口入れ屋『もみじ庵』への、付添い依頼の口上だった。

浅草寺や護国寺《ごこくじ》では、七月九日と十日の二日間が四万六千日だった。

この時にお参りをすれば、四万六千日拝んだ分の御利益があると言われている。

六平太は、『飛騨屋』の母娘に十日の付添いを頼まれていたのだが、生憎《あいにく》の雨で取りやめになった経緯《いきさつ》があった。

「秋月様、お待たせしました」

着いた船から、初老の船頭に手を取られて登世とおかねが降りた。

「昨日の雨で、今日はどうなることかと思いましたよ」

「ほんとにねぇ」

おかねが、六平太に相槌《あいづち》を打った。

「きっと、閻魔様が雲を追いやったのよ」

ふふふと、登世が笑った。

竹町の渡しから一町（約百九メートル）ほど歩いたところに雷門《かみなりもん》があった。

縁日でも祭礼の日でもないが、浅草寺はいつも多くの参拝者や江戸見物の人で混んでいた。

人が入り乱れて歩く境内を、六平太は母娘の楯《たて》になって進んだ。

店の呼びこみの声に混じって、女の悲鳴や言い争う男たちの声もした。

「足を踏んだろうっ」

「しらねぇよ」

装りからして遊び人の若い男が二人、今にも摑《つか》みかかりそうな勢いで睨み合っていた。

関わるまいと足早に去る者もいたが、成り行きを見ようとする野次馬が遠巻きに集まった。

「おめぇみてぇにのろのろ歩くから踏まれるんだよっ」

「てめぇ」

背の高い男が、色白の男の胸倉に手を伸ばした。

「どいたどいた」

威勢のいい声がして人混みが割れると、言い争う男二人の間に鳶《とび》の者が二、三人割って入った。

一人は、背中に『ち』と染め抜かれた半纏《はんてん》を羽織った音吉だった。

浅草の火消し、十番組『ち』組の纏持《まといも》ちである。

火消しは寺社の警備、火の用心に眼を配り、各寺社から謝金が出て、普段は町の掃除、雑用を請け負っていた。

音羽《おとわ》の岡場所《おかばしょ》の治安や護国寺境内の警備を担う毘沙門《びしやもん》の甚五郎《じんごろう》と似たような役回りである。

音吉が、二人の男を宥《なだ》めてその場を去らせたすぐ後に、

「スリだスリだ！」

声が上がった。

若い鳶を引き連れて、音吉が声のした方に駆け出した。

六平太は、登世とおかねを境内の奥へと案内した。

閻魔堂は、薬師堂と若宮稲荷《わかみやいなり》の間にあった。

「やっと義理を果たした思いだねぇ」

お参りを済ませると、登世とおかねがほっとしたような笑みを浮かべた。

「あちらは賑やかなようね」

辺りを見回した登世が、奥の方に首を伸ばした。

「見世物小屋や芝居小屋、それに楊弓《ようきゆう》場や水茶屋がありますからねぇ」

「え、見世物小屋も出てるの？」

登世が眼を輝かせた。

「いや、しかし、向こうは混みあいますから、このまま三社《さんじや》様の方に回った方が」

六平太が素っ気なく言った。

奥への興味を逸《そ》らして、六平太は母娘をその場から遠ざけるように先に立った。

奥には見世物小屋も芝居小屋もあったが、茶汲《ちやく》み女や矢取り女が春を鬻《ひさ》ぐ水茶屋も楊弓場もあって、男どもが鼻の下を伸ばす場所でもあった。


雷門前の並木町《なみきちよう》の通りの両側には、料理屋、うどん屋、蕎麦屋、菓子屋が軒を連ねていた。

六平太は、『飛驒屋』の母娘に誘われて料理屋に入り、昼餉のお相伴に与《あずか》った。

通りのざわめきが届いているが、座敷の中は静かだった。

「そうだ。さっき境内で喧嘩《けんか》を収めた鳶がいたでしょう」

登世とおかねが箸を止めて六平太を見た。

「若い者を引き連れていたのが、妹の亭主ですよ」

「じゃ、佐和様の」

「ええ」

「へぇ」

登世が眼を見開いた。

「そうでしたか、あの火消しさんがねぇ」

おかねまで感じ入った声を出した。

「夫婦の家が近くの聖天町《しょうでんちょう》でして」

「わたしは佐和様のご亭主のような、てきぱきした男衆がいいわ。うじうじした男は大っ嫌い」

登世と離縁になった吉三郎《きちさぶろう》は、音吉とは正反対だった。

「ね、お登世、この前からまた吉三郎さんが深川辺りに現れているのよねぇ」

おかねが、登世の顔をそっと窺《うかが》った。

「ほんとに、しつこいったらありゃしない」

登世が蓮根《れんこん》を口に入れて、がりっと噛んだ。

おかねは以前、つきまといがあまりにもしつこいようなら、『飛驒屋』の主で登世の父である山左衛門《さんざえもん》に掛けあってもらうと言ったことがある。

吉三郎は日本橋室町《むろまち》の『丹波屋《たんばや》』という呉服屋の二男である。

山左衛門と昵懇《じっこん》の呉服商仲間のまとめ役に頼んで、『丹波屋』に釘《くぎ》を刺してもらう手もあった。

「しばらくはどうということもありませんでしたので、こちらとしても荒立てることもあるまいと放っておいたのです」

おかねがため息をついた。

「今さら、こんなことを聞くのもなんだが」

六平太が、恐る恐る口を開いた。

「吉三郎を婿に決めたのは、お登世さんで？」

「あの役者顔でしょう。わたしの眼が曇ったのよ」

登世がさらりと言ってのけた。

養子先がなかなか決まらない倅《せがれ》に頭を悩ましていた吉三郎の親に頼まれた呉服商仲間のまとめ役が、

「お登世さんの婿にどうか」

山左衛門に声を掛けたのが始まりだった。

「料理屋で初めて吉三郎と会った時は、まぁ良いように思ってしまったの。その時、あの人の気性まで見えていたらこんなことにはならなかったんだわ。男は顔じゃない。今になってつくづく思うわね」

登世が珍しくため息をついて、窓の障子を開けた。

通りの賑わいの音が座敷に満ちた。

「お妹さんが近くなら、お子さんを見てみたいものねぇ」

食事を大方食べ終わる頃、おかねが口にした。

「ほんとね。たしか、男のお子さんでしたわね」

登世まで眼を輝かせた。

佐和が音吉と所帯を持った時も、子を産んだ時も、『飛騨屋』から過分の祝いが届けられた。

六平太は、母娘を聖天町に案内することにした。

聖天町の小路に入ると、道の真ん中に屈《かが》んで石おはじきをしている二人の女の子の姿があった。

「元鳥越のおじちゃん」

おきみが六平太に気付いて立ち上がった。

「おっ母《か》さんはいるかい」

「うん」

返事をしたおきみが、六平太の後ろに立つ登世とおかねに眼を向けた。

「やっぱり兄上の声でしたね」

家の中から、佐和が顔を覗かせたが、すぐに、

「あら」

登世とおかねにぎこちない会釈を向けた。

「お前、会うのは初めてだろうが、『飛騨屋』のお内儀とお登世さんだ」

「まぁ」

佐和が、急ぎ表に出て来た。

「佐和様ね」

登世が満面の笑みを向けた。

「やっと会えたわね、お名はかねがね伺っておりましたのよ」

おかねが、親しみを込めた眼で佐和を見た。

「秋月様の口から、お名はかねがね伺っておりましたのよ」

「こちらこそ、『飛騨屋』さんには前々から何かとお気遣い頂きまして、改めて御礼申し上げます」

佐和が、おかねと登世に深々と頭を下げた。

六平太が『飛騨屋』母娘の付添いを請け負い始めてから五年以上は経つ。

六平太の上得意となってからというもの、佐和と二人暮らしをしていた元鳥越の家に様々な物を届けてくれていた。

届けるのは『飛騨屋』の奉公人だったから、佐和が母娘と顔を合わせるのは初めてのことだった。

「お二人が勝太郎《かつたろう》の顔を見たいとお言いなんだが」

「あ。すぐに片付けますので」

家の中に飛び込んだ佐和が、針箱と広げていた古着を急ぎ脇に押しやった。おかねと登世を先に上がらせ、六平太がその後に続いた。

「これが、勝太郎でして」

六平太は、つい勿体《もったい》ぶった物言いをした。

長火鉢近くに敷かれた布団の上で、勝太郎がばたばたと手足を動かしていた。

「まぁまぁ、元気だこと」

「ほんと」

登世とおかねが、身体を屈めるようにして勝太郎を覗き込んだ。

「もう五か月になるのかしら」

言いつつ、登世が勝太郎の頬を優しく指でつついた。

「いいえ。そろそろ三月《みつき》半ばかりです」

佐和が答えて、火鉢の五徳に乗った鉄瓶の中身を確かめた。

「それでこの大きさだもの、きっと丈夫な男の子になりますねぇ」

おかねが眼を細めた。

外から、近所の友達と笑い合うおきみの声が届いた。

「白湯《さゆ》ですが」

佐和が、湯呑《ゆのみ》を三つ長火鉢の猫板に置いた。

「そうそう、さっき浅草でね」

湯呑を取った登世がおかねを見た。

「佐和様のお連れ合いを見掛けまして」

「若い者を連れて駆けまわっていたから、声は掛けなかったよ」

そう言って、六平太が湯呑を口に運んだ。

「きびきびとして、男っぷりのいいご亭主だったわね、おっ母さん」

登世の声は、ただの世辞とは思えなかった。

「男伊達《おとこだて》の番付があれば、ご亭主ならさしずめ小結、関脇《せきわけ》、ううん、大関だって張れると思うわ」

「そんな」

佐和が、照れたように俯《うつむ》いた。

「番付っていや、お前も知ってる、伝助店《でんすけだな》の博江さんが載ってるんだよ」

佐和が、きょとんと六平太を見た。

「それは、なんの番付ですか」

聞いたのは登世だった。

「『当世　評判女』って見立番付なんですがね。噺家の三治が持ってましてね」

「あぁ、あの」

おかねが頷いた。

七月の頭、六平太が三治を『飛騨屋』の納涼船に同行させたことがあった。

見立番付に博江の名があったことや、どういう女が選ばれるのか、六平太は三治の受け売りをした。

「ウガウガ」

突然、勝太郎がぐずり出したのを潮に、登世とおかねが腰を上げた。

聖天町を後にした六平太と『飛騨屋』の母娘は、浅草と本所とを結ぶ大川橋へと向かった。

六平太が朝方出迎えた竹町の渡しに屋根船を待たせてある。

「評判女の番付に載ったお人は、秋月様のどういったお知り合いなの」

登世が、さも拗ねたように六平太を覗き込んだ。

「わたしが付添いをした侍のご妻女ですよ」

「あら、お武家――?」

登世が意外そうに六平太を見た。

「博江殿のご亭主は、主家の都合に翻弄《ほんろう》されて、ついには無残な死に方をしまして」

細かい経緯は省いて、六平太は打ち明けた。

亭主に死なれ、行くあてもなく一人になった博江が、途方に暮れて頼ったのが六平太だった。

「その人の住むところや奉公先の算段をしたのは、市兵衛店の住人や大家さんで、わたしがあれこれ立ち回ったわけではないのです」

それは、嘘でも謙遜《けんそん》でもなかった。

「奉公先が見つかったの？」

「さすがは武家のご妻女です。読み書きが出来るというんで、この先の代書屋にね」

六平太が、浅草御蔵の方を指さした。

「近くですか」

「御蔵近くの元旅籠町ですが」

「そのお人を見てみたいわ」

登世の顔に好奇心が漲《みなぎ》っていた。

母娘を連れてのこのこ代書屋を訪ねるというのはどうも気が引ける。かといって断れば、登世はこの先折に触れ、六平太に恨みごとを浴びせるに違いない。

「しかし、迎えの船が」

「御蔵近くで待つように言えばいいのよ。ね、おっ母さん」

「そうねぇ」

おかねは、娘の発案にただ感心していた。

六平太は、竹町の渡しで待っていた船頭に浅草御蔵河岸《がし》に行くように伝えて、通りへ引き返した。

「秋月様、どうぞお先に」

おかねと二人して柳の枝を弄《もてあそ》んでいた登世が、ふふと笑った。

六平太が先に立った。

元旅籠町まで五町足らずの道のりである。

代書屋『斉賀屋』の表に、水を撒《ま》く小女《こおんな》の姿があった。

「すまんが、博江さんはおいでかな」

「はいあの、あなた様は」

小女が、警戒するように六平太を見た。

六平太が名乗ると、小女は店の中に消えた。

博江になんと言えばいいのか、六平太が思案げに振り返ると、登世はお構いなく店の方に首を伸ばしていた。

「秋月様」

『斉賀屋』から出て来た博江が六平太に声を掛けたとたん、訝《いぶか》しげに連れの二人を見た。

「こちらは、前々から付添いをしている木場の『飛騨屋』さんのお内儀と娘御のお登世さんでして」

事情の飲み込めない博江は、戸惑ったまま二人に会釈をした。

「その、実は」

六平太が言い淀《よど》んだ時、

「博江さんと言うお知り合いが評判女の番付に載ったと伺いまして、是非ともお眼に掛かりたいと秋月様にお願いしたのです」

邪気のない眼を輝かせた登世が、一気にまくしたてた。

「申し訳ありません」

登世に成り代わっておかねが頭を下げた。

「さすがに番付に載るだけのお人だわ。落ち着いてお出《い》でだもの。富岡八幡《とみがおかはちまん》の水茶屋のお亀《かめ》が看板娘の前頭筆頭になったことがあるけど、わたしはこちらの博江さんが上だと思うわ」

登世の横で、おかねが大きく頷いた。

しかし、明らかに博江は困惑していた。

「どなたさまでしたかな」

店の中から、五十半ばの男が出て来た。

「こちら、市兵衛店の秋月様でして」

慌てたように博江が言った。

「あぁ、これは。市兵衛さんや孫七さんからもお名は伺っております」

男は、代書屋『斉賀屋』の主、梶兵衛《かじべえ》と名乗った。

「代書の続きがありますので」

博江は逃げるように店へと入って行った。

「いえね、番付に載ったというので、この前から男どもが博江さんを見ようと覗き込んだりしてましして、ほとほと困ってるんですよ」

梶兵衛がため息をついた。

「とんだお邪魔をしまして」

おかねが頭を下げると、慌てて登世も倣《なら》った。

「それじゃこの辺で」

六平太は母娘を急《せ》かすようにして、その場を後にした。

三

『飛騨屋』の母娘の先に立った六平太は、ほんの少し浅草方面に引き返した。

三好町《みよしちょう》の角を曲がって、大川に突き当たったところが御蔵の渡し場である。

船着き場の近くに、一艘の屋根船が留《とど》っていたが、登世とおかねを乗せて来た船ではなかった。

舳先《へさき》に立っている船頭も明らかに若く、別人である。

「ここで待つようにと言ったんですがね」

六平太が川上の方に眼を遣《や》った時、停泊していた屋根船の簾《すだれ》が中から押し上げられた。

「あ」

登世が小さく息を飲んだ。

船の中から顔を突き出したのは、吉三郎である。

「どうしてここに――」

登世が吐き捨てるような声を出した。

「わたしも浅草に行ってたんですよ。そうしたら、料理屋から出てくる姿を見掛けて、つい後をつけまして」

笑みを浮かべた吉三郎はそう言ったが、おそらく木場から付けていたに違いあるまい。

「木場にはわたしが送りますから、お乗りよ。おっ義母《か》さんも、さぁ」

「結構よ。おっつけうちの船も来るはずだから」

登世が顔を背けると、

「『飛騨屋』の船はわたしが帰したよ」

吉三郎がさらりと言ってのけた。

「ね、わたしが送るからお乗りって」

「いえ、結構。それに乗るくらいなら、歩いた方がましだわ」

「えぇっ」

おかねが、情けない声を出した。

浅草寺から聖天町、そして元旅籠町と歩いて、おかねの足は重くなっていたようだ。

「お登世さん、おっ義母さんが可哀相《かわいそう》だよ」

吉三郎の親切ごかしだった。

「分かったわ。秋月様、おっ母さんの手を」

登世に言われて、六平太がおかねに手を差し伸べると、

「付添い屋はここまででいいよ。あとは、わたしが送り届けますから」

「だったら断るわ。おっ母さん、わたしたちは辻駕籠《つじかご》にしましょう」

登世がおかねを促して、船着き場を離れかけると、

「分かったよ」

口を尖らせた吉三郎が不承不承呟いた。

六平太は母娘と共に屋根船に乗り込んだ。

船頭が棹《さお》を差して、岸辺を離れた船がゆっくりと川下へと滑り出した。

六平太と母娘は、吉三郎から離れて船尾近くに座っていた。

時折、ちらちらと後ろを窺っていた吉三郎が、両手を突いてツツッと膝を進めて来た。

「いい折りだから言いますが、お登世さん、もういっぺん考え直して、わたしとの撚《よ》りを戻してくれないかねぇ」

手を突いたまま、低い位置から登世を見上げた。

「そんなことをいうために、船に乗せたのねっ」

登世が六平太の背に隠れた。

「ね、おっ義母さんからも取りなしてもらえませんか」

吉三郎がつつっとおかねに這《は》い寄った。

「いまさらそんなこと言われてもねぇ」

「ねぇお登世」

おかねから眼を転じた吉三郎が、六平太の後ろの登世の方に回り込もうとした。

吉三郎が動くたびに、船が左右に傾《かし》いだ。

「若旦那、何ごとですか」

「なんでもないよ」

外の船頭に返事をした吉三郎の身体《からだ》が、小さく傾いだ。

「ねぇお登世、頼むよ」

吉三郎が、六平太越しに登世に手を伸ばした。

「吉三郎さん、おやめなさいよ」

六平太が手首を摑んで軽くねじると、吉三郎はふにゃりと床に倒れ込んだ。

「いうこと聞かないなら、船をひっくり返して心中してやるっ！」

唇を嚙んで立ち上がった吉三郎が、両足を踏ん張って船を左右に揺らし始めた。

「若旦那っ！」

「なんでもないっ！」

船頭に返答した吉三郎は、更に大きく船を揺らした。

「お登世、なんだか気分が」

後ろにひっくり返りそうになったおかねを、登世が慌てて支えた。

右舷《うげん》から顔を出した六平太は、場所を確かめると、

「おい船頭、小網町《こあみちょう》から日本橋に行ってくれ」

声を張り上げた。

「船頭、違う！　思い切って品川辺りまで行っておくれっ」

船を揺らしながら吉三郎も叫んだ。

「吉三郎さん、こんなことをすりゃ、かどわかしってことになりますが、いいんですね」

六平太の声に、吉三郎の動きがぴくりと止まった。

朝方は荷船の出入りで混みあうのだが、夕刻間近の日本橋川はのどかだった。魚市場に近い江戸橋の東の河岸に屋根船が着いた。

六平太は、登世とおかねを船に残すと、吉三郎の腰の帯を摑んで岸に降りた。

「船頭、中の二人を木場まで送ってくれ」

船頭が首をすくめるように頭を下げた。

「秋月様は」

「吉三郎さんを送り届けたら木場に寄りますよ」

心細げに問いかけた登世に笑みを残して、六平太は吉三郎の背中を押した。

「わたしを送るって、どこへ」

「室町の『丹波屋』ですよ」

「え」

後の言葉が続かず、吉三郎が息を飲んだ。

六平太の真意が分からず、吉三郎の顔に戸惑いが広がっていた。

呉服商『丹波屋』は日本橋室町の裏通りにあった。

六平太は裏の勝手口から入ると、

「おれはそこの縁先で待ってる」

吉三郎に父親を呼びに行かせた。

縁の前の庭には躑躅《つつじ》や松があるだけで、格別の趣向はなかった。

「わたしに御用と伺いましたが」

ほどなくして、吉三郎を従えた五十ばかりの男が縁に出て来た。

「倅が外で何をしたか存じませんが、強請《ゆすり》たかりの談判ならお門違いですよ」

吉三郎の父親と思《おぼ》しき男が、縁に掛けた六平太を見降ろして言った。

「いや、違うんだお父《と》っつぁん」

吉三郎が慌てて口をはさんだが、

「わたしどもは、御用の筋を預かるお人とも懇意にしておりますから、なんなら店の者を走らせますよ」

やけに頬骨《ほおぼね》の張った父親の顔が引きつっていた。

「おれは、木場の『飛驒屋』さんに世話になってる付添い屋だがね」

途端に眼を丸くした父親が、息を飲んだ。

六平太は、船を勝手に帰した挙げ句、『飛驒屋』の母娘への吉三郎の船中での振舞いを事細かに話した。

六平太はさらに、吉三郎のつきまといには『飛驒屋』の登世も前々から困っていたことも打ち明けた。

「吉三郎、お前は、あちら様にそんなことをしていたのかっ」

吉三郎は黙って項垂《うなだ》れていた。

「埒《らち》が明かないようなら、北町の同心におれの知り合いがいるし、藤蔵っていう、神田、日本橋で御用聞きを務める上白壁町の親分も知り合いだから、そっちから吉三郎さんに釘を刺してもらおうかと思っていたんですよ」

六平太は穏やかに言った。

父親が、よろけるように縁に這いつくばった。

「どうか、それぱっかりは」

父親が額を板張りに押しつけた。

「わたくしは、吉三郎の父親の与平治《よへいじ》と申します。これには、今後一切、そのような真似《まね》をせぬようきつく言い聞かせますので、今日のところはなにとぞ穏便にお取り計らい下さいますよう。それでも聞かぬようなら、勘当致す覚悟でございます」

吉三郎が不行跡を起こせば、他の同業者全《すべ》てに迷惑が及ぶことにもなり、『丹波屋』の行く末も覚束《おぼつか》なくなる。

青ざめた吉三郎が身をすくめていた。

親に勘当されたら、人別《にんべつ》を失って無宿人となる。まっとうな勤めなど出来ないばかりか、髪結床にさえまともに行けないほど世間から冷遇されるのだ。

白髪頭を板張りにこすりつけた与平治の横で、吉三郎の身体が小刻みに震えはじめた。

少し薬が効きすぎたようだが仕方あるまい。

「『飛騨屋』さんにはその旨伝えましょう」

六平太が腰を上げた。

鳥越明神横の小路に足を踏み入れたころ、暮れ六つ（六時頃）の鐘が鳴り終わった。

市兵衛店へと通じる小路に、うっすらと煙が漂っていた。

煙に混じって、醬油《しょうゆ》で煮炊きをしたような匂《にお》いもする。

六平太は、日本橋の『丹波屋』を出たあと、その足で木場の『飛騨屋』に立ち寄り、与平治との話の顚末《てんまつ》を知らせ、少し寄り道をしてから帰宅した。

「あ、帰って来たよ」

家から出て来たお常が声を張り上げた。

お常に続いて出て来たのは、佐和だった。

「佐和ちゃんずっと帰りを待ってたんだから」

お常が、詰《なじ》るような声を六平太に浴びせた。

「音吉さんが、頭《かしら》のお宅から赤飯の折詰を幾つももらって来たのでお届けに」

「わたしまでいただいたよ。へへへ」

お常が、佐和に笑いかけた。

「兄上、そこまでちょっと」

「お」

「お常さん、お世話様でした」

声を掛けた佐和が先に立った。

しばらく何も言わず歩いていた佐和が、鳥越明神前の通りに出たところで口を開いた。

「元鳥越に来る途中、七つ半（五時頃）時分でしたけど、勤め帰りの博江さんと御蔵前でばったりお会いしました」

佐和は足を止めると、

「博江さん、お困りのようでした」

六平太に向き直った。

「困るって、なにが」

「うちの帰り、『飛騨屋』のお二人を連れて博江さんの奉公先に行ったんですってね」

「あの母娘にせがまれて、つい」

「まるで、見世物見物にでも案内して来たようだったって、博江さんは戸惑っておいででした」

「そんなつもりは」

言いかけた六平太が後の言葉を飲んだ。

番付に載った博江をわざわざ見にやって来る物見高い男どもに閉口していると、『斉賀屋』の主、梶兵衛が嘆いていたのを思い出した。

そんな男どもと六平太の行為が、博江には同じに映ったようだ。

「兄上は博江さんというお人をお分かりじゃないようです。番付に載ったからって、喜ぶような人だと思いますか」

六平太に返す言葉もなかった。

「もとは武家のご妻女なんですよ。世馴れた町人とは違うんです」

一度、詫《わ》びに行かれた方がいいと思います。──そう言うと、佐和が下駄の音をさせて御蔵の方へと歩き出した。

六平太の口から、思わずため息が出た。

『飛驒屋』からの帰り際、六平太は富岡八幡に立ち寄っていた。

お登世から名前を聞いた水茶屋『よき屋』のお亀は、半年前に出た『看板娘』の見立番付で、前頭筆頭になった女だった。

十八、九ばかりのお亀はすぐ分かった。

客に名を呼ばれるたびに愛想のいい声を上げて、てきぱきと立ちまわっていた。

若くて陽気なところが取り柄というだけの娘だった。

つい好奇心に駆られて見に行った己が、今になってふと浅ましく思えた。

六平太は、頭の後ろを手で二、三度叩いた。

通りから日の色が消え、町家にぽつぽつと灯がともり始めた。

半町ばかり先を行く佐和の姿が黄昏《たそがれ》に紛れていた。

六平太は、思い切って佐和が去った方へと足を向けた。

新堀の手前を右に折れて、伝助店に足を踏み入れた。

路地に、何軒かの家の明かりが零《こぼ》れていた。

博江の家の中にも明かりがあった。

「秋月ですが」

博江の家の戸口で、六平太が声を掛けた。

中から戸が開いて、博江が戸惑ったような顔を覗かせた。

「佐和から、昼間のことを責められまして」

「戸口ではなんですから」

戸を開けたまま、博江は土間を上がった。

土間に入った六平太が、気不味《きまず》く框に腰掛けた。

「わたしとしては、何も面白がって『飛驒屋』の母娘を連れて行ったつもりはないのだが、しかし、それで気分を害されたとあれば、この通り」

六平太が頭を下げた。

「身分の軽い家ながら、生まれた時からの武家ですから、人の噂《うわさ》にのぼることをよしとしない、むしろそれを厭《いと》う風潮が身に沁《し》みております」

博江が淡々と口にした。

「名が世間に知れ、見知らぬ方々がわたしを見に来るなど思いもよらず、気恥かしさに、ただただ戸惑っておりました」

博江の物言いは静かだった。

それがかえって六平太の胸をちくちくと刺した。

「わたしは、どうしたらいいだろうか」

「秋月様のお言葉だけで、わたしとしてはこれ以上どうとは——」

博江は、膝の上に揃《そろ》えて置いた手に眼を落とした。

「わたしが、評判女の番付から博江殿の名を消すというのは——?」

六平太が思いつきを口にした。

「それが、叶《かな》いましょうか」

博江が、縋《すが》るような眼を六平太に向けた。

「なんとかしてみます」

六平太に自信などなかった。

だが、何もしないでは、佐和の怒りも博江からの蔑《さげす》みも覆せまい。

四

早朝の神田は活気があった。

日本橋、京橋界隈の魚河岸はじめ、様々な河岸の連中が通りで交錯していた。

更に、棒手振《ぼてふ》り、荷運びの車や馬がせわしく行き交い、旅立つ者や買い物を目指す者、江戸見物の者たちも通りにひしめいていた。

六平太は、雑踏を縫うように急いでいた。

博江に詫びを入れた翌朝である。

「『評判女』の版元をしらねぇか」

六平太は起きてすぐ、寝ていた三治を叩き起こしたのだが、

「知りませんよ」

すぐに三治は背中を向けた。

お上の御用を務める藤蔵なら知っているかもしれないと、六平太は神田上白壁町を目指したのだ。

「さぁてねぇ」

家から出て来た藤蔵が、六平太の前で首を捻り、腕を組んだ。

版元が誰かははっきりしないと、以前、三治も言っていた。

「本屋とか小間物屋辺りに聞けば、ひょっとすると知っているかもしれませんよ」

藤蔵は、顔見知りだという三軒の絵草紙屋の名を上げた。

「回ってみるよ」

礼もそこそこに、六平太は神田鍋町《なべちょう》と須田町《すだちょう》の二軒と、日本橋堀留《ほりどめ》の絵草紙屋を回

った。
しかし、そのいずれからも同じ答えが返って来た――版元がどこの誰かは分からない。
堀留の本屋を出た六平太が道浄橋《どうじょうばし》近くに差し掛かった時、ふっと足を止めた。
南の江戸橋を渡れば八丁堀が近い。
思いつくとすぐ、六平太は道浄橋を渡った。
日本橋本石町《ほんごくちょう》の時の鐘が六つを打ってから半刻ばかりが過ぎた頃合いだった。
いまなら、まだ矢島新九郎《やじましんくろう》が役宅に居るかもしれない。
六平太は、八丁堀の細川越中守《ほそかわえっちゅうのかみ》下屋敷の先を左に折れて急いだ。
「これは秋月様、おはようございます」
役宅の門前に水を撒いていた新九郎の妻女が、六平太の姿を見て笑顔を向けた。
「宅は縁に居りますから、どうぞ」
妻女に言われるまま、六平太は何度も足を踏み入れたことのある庭へと回った。
「こりゃ、秋月さん」
縁で髪を梳《す》いてもらっていた新九郎が、眼だけで会釈した。
髪結いも、六平太に軽く頭を下げた。
ここで二、三度見掛けた、八丁堀の髪結い床、『吉床《きちどこ》』の若い衆だった。

六平太が、博江の名は伏せて、訪ねたわけを話すと、

「どこのだれが版元か、辿《たど》るのはちと難儀ですなぁ」

新九郎が、つるりと頬を撫でた。

「いわば金持ちの道楽のようなもので、その道の通人が、懇意の戯作者や絵師に作らせているとも聞きますが、版元の素性はなかなか表には出ません」

以前、三治が話したことと変わりはなかった。

料理屋、庭の名所のように、普段から足を運ぶ所は版元自身が選ぶらしいが、他は人を雇って探らせることがあるようだ。

相撲番付や芝居番付に見立てた番付は、このところ大流行《おおはや》りだという。

「江戸見物にやって来た連中には格好の案内書ですからね」

新九郎が言うと、

「ええ」

髪結いが相槌を打った。

「そうこうしてるうちに、次々と別の番付が世間に出るはずです」

新九郎が言った。

料理屋に始まり、鰻《うなぎ》屋、蕎麦屋、菓子屋、芸者や岡場所、看板娘、寺の鐘の音に至るまであるという。

そのほか、季節ごとに、桜、紅葉、藤の名所なども出て、見立番付の種類にはきりがなかった。

「人の噂も七十五日などというじゃありませんか。ですから、評判女に載った知り合いのお人のことなども、そのうちみんな忘れるもんですよ」

新九郎が、六平太に微笑んだ。

六平太としては、新九郎の言葉に縋るしかなかった。

市兵衛店の隣家の柿《かき》の枝に青い実が付いていた。

野分が吹き荒れて以来、江戸は日に日に秋めいていた。

六平太が新九郎の家を訪ねてから二日が経っていた。

「秋月さん、番付に載った女三人を襲った女が、芝の方で捕まりましたよ」

目明かしの藤蔵が、昨夕市兵衛店にやって来て教えてくれた。

捕まったのは、浜松町《はままつちょう》の乾物屋の女房だった。

亭主の女道楽に前々から鬱憤《うつぷん》を募らせていた女房が、世間にちやほやもてはやされる評判女に恨みの矛先を向けたものだった。

「秋月さん、女にはどうかお気をつけなすって」

藤蔵は笑みを残して帰って行った。

今朝、心地よく起きた六平太は、飯を炊き、味噌汁を作り、目刺を焼いて朝餉にした。

「朝からおまんま作るなんて、感心じゃないか秋月さん」

盥《たらい》を抱えたお常が井戸端に出て来た。

隣近所が何をしているか、長屋住まいをしていれば筒抜けだった。

「あ、昨日は羊羹《ようかん》をご馳走さま」

お常が声をかけて、釣瓶を井戸に下ろした。

品川御殿山《ごてんやま》に付添った娘たちの親が、帰りに持たせてくれた羊羹だった。

「それじゃお先に」

洗った茶碗などを入れた笊を抱えた六平太が家に戻りかけて足を止めた。

市兵衛店の門の外から、中を覗く吉三郎の恨めしげな顔があった。

六平太が構わず家に向かうと、背後に足音が続いた。

「なんか用か」

笊ごと流しに置いて、六平太が外に声を掛けた。

吉三郎が、外からそっと顔半分を覗かせた。

「なんか、文句でも言いに来たか」

「聞いてもらいたいことがあります」

吉三郎が、神妙な声を出した。

「ま、上がれ」

六平太が土間を上がった。

「実は、前々からもやもやした思いに取り憑《つ》かれておりました」

六平太の向かいに膝を揃えた吉三郎が、伏し目がちに口を開いた。

「わたしがどうしてお登世さんに嫌われたのか、離縁される羽目になったのか、そのことがこの一日二日でなんとなく分かりかけて参りました」

「ほう」

胡坐《あぐら》をかいていた六平太が、思わず身を乗り出した。

軽く俯《うつむ》いていた吉三郎の眼が、まとわりつくように六平太を向くと、

「あなた様のせいです」

抑揚のない声で言った。

呆気《あっけ》に取られた六平太に構わず、吉三郎はさらに続けた。

「昨年の夏前、お登世の婿として『飛驒屋』に入りましたが、半年ほどで離縁という憂き目に遭ったのです」

そのことは六平太も知っていた。

「たった半年の夫婦の暮らしでしたが、その間、何度となく、『秋月様』だの『付添

い屋さん』だのという名をお登世やおっ義母さんの口から聞いていたのです。それば かりじゃあありません。お義父《と》っつぁんさえも、親しみを込めてあなた様の名をよく口にしておいでででした」

吉三郎が口にした『お義父っつぁん』というのは、『飛騨屋』の主、山左衛門のことだ。

「そんなことなどが今になって思い出されるにつけ、あぁそうか、お登世が好いていたのは秋月六平太様、あなただと思い至ったのです」

「吉三郎さんよ」

六平太が思わず笑って言いかけたが、

「なんと言おうと、わたしの眼は誤魔化せませんよ」

吉三郎の眼が、六平太の顔にぴたりと刺さった。

「三日前、浅草御蔵から船に乗せた時、お登世とおっ義母さんがあなた様をこれほどまでに頼っているのかとまざまざと見せつけられました。あぁ、わたしが嫌われたのは、みんなあなたのせいだと、つくづく思い知らされました。わたしがこうなったのは、みんなあなたのせいなのですよっ」

恨みに満ちた眼を瞬かせた吉三郎が、悔しげに唇を噛んだ。

「あなた様に引き比べたら、そりゃわたしなんぞは頼りないかもしれません。ですけどね、剣術も出来、胆力にも勝るあなたと比べられても、土台わたしなどが勝てるわけなどないじゃありませんかっ」

吉三郎が顔を歪《ゆが》め、涙声になっていた。

「お登世さんはじめ、おっ義母さんもお義父っつぁんまでもが、あなた様を婿にと望んでいるのですっ。それはあなたも重々ご存じのはずでしょうっ！」

ついに、吉三郎がううっと泣き声を洩《も》らした。

「そんなこたぁあんたの思いすごしってもんだよ、ははは」

笑うつもりなどなかったが、六平太の口から思わず声が洩れた。

「笑って誤魔化すおつもりですかっ」

吉三郎の眼がつり上がった。

「誤魔化すもなにも、こんな浪人風情を迎えようなんて酔狂なことを思う『飛騨屋』じゃねぇよ」

六平太が言いきった。

言ってすぐ、以前おかねに、刀を捨てるつもりがないかと聞かれたことを思い出した。

登世の婿になって『飛騨屋』を継いでもらいたいという口ぶりだった。

「ほら、心当たりがあるのでしょう。だから、黙り込んだに違いないんだっ」

「つい女のことを思い出したんだよ」

「なにが女だ」

「おれにだって、相惚《あいぼ》れの女ぐらいいるんだぜ」

「お登世がいるのにですかっ」

「お登世さんは付添い屋稼業の上得意ってだけだ」

「嘘をついて、わたしを慰めようとしてるに違いないんだ」

「なんであんたを慰めなきゃいけねえんだよ」

「だったら、会わせて下さい。あなたの女に会わせて下さいっ」

六平太は思わず声を失ったが、

「わかった」

仕方なく、頷いた。

己の思いに凝り固まった吉三郎の昂《たかぶ》りを鎮めるには、他に手立てがなかった。


朝晩は凌《しの》ぎやすくなったが、昼間の日射しは夏を思わせる。

湯島の坂道を上って本郷《ほんごう》の加賀《かが》前田家の上屋敷前に差し掛かった頃には、背中にじわりと汗が滲《にじ》んだ。

六平太が振り返ると、吉三郎が足を引きずるようにして付いて来ていた。

「どこまで行くんですか」

肩で息をする吉三郎が、恨めしげに問いかけた。

「音羽だよ」

「というと、護国寺のある、あの」

吉三郎が息を飲んで立ち止まった。

吉三郎の足取りは、既に湯島の坂道の途中で重くなっていた。

「なんなら引き返しますか」

「音羽まで、あとどのくらい――」

「ここまで歩いた分くらいですかね」

六平太がいうと、思案するように辺りを見回した。

「行くも半分、帰るも半分なら、行きますよ」

羽織を脱いだ吉三郎が、歯を食いしばってよたよたと歩き出した。

六平太はすぐ後に続いた。

「その先の追分を左です」

六平太には応《こた》えず、左肩を少し上げて行く吉三郎の背中には子供じみた意地が見えた。

大塚仲町《おおつかなかまち》から東青柳町《ひがしあおやぎちょう》へと下る富士見坂にさしかかった時、護国寺の鐘が鳴り始めた。

九つ（十二時頃）を知らせる時の鐘だ。

普段歩きつけない吉三郎に合わせたせいで、かなりの時を費やした。

「もうそこですよ」

六平太が声を掛けたが、吉三郎はこくりと顎を引いただけだ。

六平太が、護国寺門前を左に曲がった。

「おぉ」

音羽一丁目から桜木町へと貫く大通りを見て、吉三郎が声を上げた。

通りの両側には、旅籠《はたご》、料理屋などと共に、様々な小商人が軒を連ねていて、壮観である。

「ここだよ」

六平太が、四丁目の楊弓場の前で足を止めた。

「あら秋月さん、来てくれたのね」

表に飛び出して来た矢取り女のお蘭《らん》が、歯をむき出しにして笑いかけた。

「吉三郎さん、これがおれの女だよ」

六平太は、さり気なく吉三郎の背後に回って、お蘭を片手で拝んだ。

「なによぉ、そんなこと往来の真中で、照れるじゃないかぁ」

お蘭が科《しな》を作って、六平太の腕を叩いた。

長年、遊興の町で水を飲んでいる百戦錬磨だけあって、お蘭は察しが良かった。

「どなたかは存じませんが、うちの六平太がお世話になってまして」

お蘭が、吉三郎にまで愛想を振りまいた。

「違う」

吉三郎がお蘭に眼を留めたまま、ぽつりと洩らした。

「あなたが惚れるのは、こ、こんな女じゃないはずですっ」

「こんなとはなんだっ」

眼の玉をひん剝《む》いたお蘭が吉三郎を突いた。

「ままま」

六平太が慌てて二人の間に入った。

「秋月さんが惚れるとすれば、もっと色白の、品のある、しとやかな女に違いないんだっ」

「品が無くて悪かったねぇ、この白瓜《しろうり》の出来損ないの面ぁしやがって！」

「その口の利き方が下種《げす》なんだっ」

「この白瓜にこんなこと言わせていいのかいっ！　秋月さん、どいてよ！」

髪を振り乱したお蘭が、六平太の横から手を伸ばして吉三郎を摑もうと必死になった。

吉三郎はまるで狂乱状態で、六平太を楯にお蘭の手から必死に逃げた。

いつの間にか、三人の周りに見物の人垣が出来ていた。

「お蘭、やめろ」

六平太がお蘭を抱くように止めると、

「ワァッ！」

自棄《やけ》のような声を張り上げて、吉三郎が護国寺の方へと駆け去った。

「なんなんだよ、あいつ」

お蘭が、乱れた襟元を直しながら吐き捨てた。

「すまん。この借りはいつか」

六平太が手を上げて行きかけると、

「あ、そうそう」

お蘭の声がした。

「この間っから、秋月さんのことを聞きまわってる侍がいるよ」

六平太に心当たりのある侍は、一人しかいない。

「あたしもいろいろ聞かれたし、毘沙門の親方もそんな風なこと言ってたよ」

護国寺の方に向けていた足を、六平太は反対方向に向けた。

「借りを返してくれるの、当てにして待ってますからねぇ」

お蘭の声を、六平太は背中で聞いた。

五

カナカナカナ――。

四谷伊賀町一帯の武家地にひぐらしの声が響き渡っていた。

六平太が向かっていたのは、笠松《かさまつ》藩石川對馬守《いしかわつしまのかみ》家下屋敷である。

すぐ近くにある相良《さがら》道場の門人の眼に留まらぬよう、少し遠回りをして下屋敷の門前に立った。

「御当家、『烈志館《れつしかん》』の剣術指南、唐沢信兵衛殿に目通り願いたい」

六平太が名乗ると、門番の一人が屋敷内へと向かった。

お蘭と別れた後、六平太は桜木町《さくらぎちょう》の毘沙門の甚五郎の家に立ち寄った。

「うちの若い者が侍に声を掛けられたと言ってましたよ」

甚五郎が、土間に立った六平太に頷いた。

「おい、竹市《たけいち》」

侍に聞かれたという竹市を、甚五郎が呼んでくれた。

竹市によれば、侍に聞かれたのは甚五郎の家を出て護国寺へと向かいかけた時だった。

「秋月六平太は何用あって毘沙門と言われる男の家に立ち寄るのか」

竹市は侍にそう聞かれたと言った。

侍が気にしていたのは、六平太が音羽に来るのはなぜか、音羽でなにをしているのか、ということだった。

竹市のいう侍の人相風体から、以前甚五郎の家を窺っていた唐沢信兵衛だと六平太は確信した。

「お武家となにがありましたので？」

甚五郎に問われるままに、六平太は信兵衛との関わりを話した。

話は他の事にも及び、一刻半（約三時間）ばかり居座ってしまった。

「よかったら、『吾作《ごさく》』にでも顔を出しませんか」

居酒屋『吾作』の板前、菊次《きくじ》の様子も気になったが、六平太は断って石川對馬守家へとやって来たのだ。

六平太が門前で待ってほどなく、取次の門番が戻って来た。

「唐沢様が、鮫《さめ》ヶ橋《はし》で待つようにと申されている」

「承知した」

六平太がゆっくりと門前を離れた。

鮫ヶ橋は四谷御門の南方、紀伊大納言《きいだいなごん》家上屋敷横の坂を下ったところにある。

周りの傾斜地が落ち込んだ谷底一帯が鮫ヶ橋仲町、表町である。

台地や樹木に遮られて日の射さない薄暗い坂を、六平太が下った。

谷底を流れる小川に掛かっているのが鮫ヶ橋だった。

日暮れまで間があるのだが、辺りはまるで黄昏時のような暗さに包まれていた。

六平太が橋の上に立っていると、人影が二つ、三つ、暗がりの向こうから湧《わ》いて出た。

手拭を被《かぶ》り、茣蓙《ござ》を抱えた三人の女たちが、六平太に流し眼を送って通り過ぎた。

鮫ヶ橋は夜鷹《よたか》が多く住む一帯でもあった。

六平太が、砂を踏む足音の方に眼を転じた。

「なにか用か」

角ばった顔の信兵衛が立ち止まって、睨《にら》むように六平太を見た。

「それは、こっちが聞きたい」

「なんのことだ」

「音羽あたりで、おれのことを聞きまわっていたそうじゃないか」

「いずれ立ち合う相手の事を知っておこうとしたまでだ」

顔色一つ変えず、信兵衛は胸を張った。

「おれには立ち合ういわれはないが」

「いや、お主には何としても承知してもらう」

信兵衛の物言いに必死さが窺えた。

「相良道場での立ち合いに勝てなかったことが、棘《とげ》のように疼《うず》くのだ。棘を取り除くには、お主を倒すしかない」

「そう固く思いこむこともあるまい」

「お主という男は――！」

信兵衛の顔が忌々《いまいま》しげに歪んだ。

「付添い屋稼業と言いながら、その日暮らしの軟弱な暮らしぶりではないか。その上町中で恥も外聞もなく女とじゃれ合うそのような浪人に勝てなかった己が許せんのだ」

信兵衛は一途《いちず》だった。

「お主を斬《き》らねば、石川家『烈志館』の剣術指南として立つ瀬がないっ」

「お前さん、家中で不味いことになってるのか」

六平太が問うと、鼻で息を吸い込んだ信兵衛が唇を固く結んだ。

図星のようだ。

「いずれ正式にと思ったが、いまここで決着を」

信兵衛が、一気に剣を抜いた。

「お主も抜け」

「断る」

「これでもか」

信兵衛が踏み込んで、斜め上方から剣を振り下ろした。

六平太に剣を抜かせる脅しだったが、信兵衛の太刀は鋭く風を切った。

「抜かんのか」

腰を落とした信兵衛が、じりっじりっと六平太に迫った。

こうなれば相手をするしかなかった。

立ち合いを避ければいつまでもつきまとわれることになる。

六平太が、ゆっくりと剣を抜いて正眼に構えた。

切っ先を相手の切っ先に合わせた刹那《せつな》、つつっと六平太が踏み込んだ。

一歩も引かず、逆に信兵衛が踏み込んで六平太の剣を横に払い、そのまま袈裟《けさ》がけに斬り込んだ。

咄嗟《とっさ》に体をかわして、六平太が信兵衛の剣を下から撥《は》ね上げた。

キーンと、剣のぶつかる音が谷底に響き渡った。

「斬り合いだね」

莫蓙を抱えた女が離れた所で立ち止まった。

「何をしているっ」

信兵衛が、女に声を荒らげた。

「斬り合いなんて、滅多に見られないから見物させてもらうよ」

女は、路傍の低い石垣に腰掛けた。

「おれが死んだら、元鳥越の市兵衛店に知らせてくんねぇか」

「いいけど、名はなんだい」

「秋月六平太」

女に名乗った。

「そっちのお侍が死んだら、どこに知らせようかね」

信兵衛に戸惑いが走った。

「代わりにおれが言おうか」

「無用っ」

低い声で吐き捨てると、信兵衛が忌々しげに剣を収めた。

「次は必ず」

六平太に鋭い視線を投げかけて、信兵衛が踵《きびす》を返した。

「なぁんだ、つまらねぇ」

女がひょいと石垣から下りると、六平太の前をふらりと通り過ぎた。

「稼げよ」

「うん」

女は振り向きもせず、暗さの増した坂道をゆったりと上って行った。

道灌山《どうかんやま》はひぐらしの里とも呼ばれていた。

高台の東に立てば見晴らしもよく、四季を通じて行楽の人が押しかける場所だった。

四季を通じて薬草が採れるが、秋は虫聞きの人々で賑わう。

「明日の夕刻、日暮里《にっぽり》の『飛驒屋』の別邸にお出で下さい」

『飛驒屋』の母娘の付添いの依頼があったのは、六平太が信兵衛と剣を交えた翌日のことだった。

日が沈む頃、六平太は『飛驒屋』の別邸に着いた。

「わたしも虫聞きにと思いましたが、この通り腰を痛めまして」

登世に支えられて玄関に出て来たおかねが、頭を下げた。

六平太と登世は、おかねを別邸に残して道灌山を目指した。

道灌山は『飛驒屋』の別邸から眼と鼻の先にあった。

夕闇《ゆうやみ》の迫る道を虫聞きの人が行き交っていた。

「二日ほど前、吉三郎が木場の家に訪ねてきたんですよ」

台地の上で立ち止まった登世が、口を開いた。

登世やおかね、主の山左衛門を前に、吉三郎は殊勝に頭を下げたという。

これまでの非礼を詫びて、登世には二度と近づかないと誓った。

「秋月様が、『丹波屋』さんに話をしてくれたのが効いたのね」

登世が微笑んだ。

六平太が小さく苦笑を浮かべた。

話をしたというより、脅し文句を並べたようなものだった。

「秋月様には、音羽の方に好いたお方がお出でだそうね」

登世がいきなり口にした。

「吉三郎が帰り際にわたしを呼んで、そう言ったのよ。白粉《おしろい》を塗りたくった、品のない女が好みのようだから、付添い屋に気を許しちゃいけないよ、なんて」

登世が、六平太の顔をからかうように覗き込んだ。

お蘭を六平太の女などではないと言い切ったのは吉三郎ではないか。

「いや、あれは、吉三郎がわたしの女を知りたいと言って食いさがるもので、つい」

登世が六平太に思いを寄せていると、吉三郎が口にしたことは伏せた。

「わたし、吉三郎が言ったことなんか、信じてはいませんよ」

ふふふと含み笑いをした登世が、

「秋月様が今気になっているお人は、博江さんだもの」

六平太は一瞬きょとんとしたが、すぐに笑った。

「お気づきじゃないかもしれないけど、博江さんの方は秋月様に思いを抱いておいでだわ」

「お登世さん、滅多なことは言いっこなしですよ」

「ううん。この前、代書屋さんで会った時、そう感じたもの」

六平太は呆気に取られた。

「秋月様、わたしの勘は当たるのよ」

六平太の耳元で囁いた登世がうふふと笑って、跳ねるように歩き出した。

六平太が、慌てて登世のあとを追った。


日暮里から元鳥越は一里（約四キロ）ばかりの道のりである。

登世を『飛驒屋』の別邸に送り届けた六平太は、半刻（約一時間）ほどで元鳥越に着いた。

鳥越明神の角を曲がると、御蔵に繋《つな》がる通りの両側にぽつぽつと灯が灯《とも》っていた。
暗い通りで明かりを灯しているのは、旅籠や料理屋だけだ。
市兵衛店へと小路を曲がりかけた六平太が、ふと足を止めた。
通りの左側の先で、明かりの灯った提灯《ちようちん》が小さく揺れていた。
居酒屋『金時《きんとき》』の提灯だった。
大川の川風が、ふわりと通りを吹き抜けた。
六平太は元鳥越に戻る道々、つい考え事をしていた。
博江が六平太に思いを抱いていると、登世が言ったことである。
「そんなことはあるまい」
そう思って考えるのを何度もやめようとしたが、しばらくするとまた考えてしまった。
博江の事が気にならないことはないが、それは惚れたはれたではない。
行きがかり上、博江の暮らし向きが気になるだけのことだ。
六平太の口からため息が出た。
その時、誘いでもするように、『金時』の提灯が小さく揺れた。
六平太は、急ぎ『金時』へと足を早めた。
酒でも飲まないと、今夜は眠れそうもない。

第四話　二十六夜

一

昼を過ぎたあたりから、いやな風が吹き始めた。

草履を引っかけて路地に出た秋月六平太《あきづきろっぺいた》が見上げると、空は青いが雲の流れが速い。

浅草元鳥越《もととりごえ》の市兵衛店《いちべえだな》の近隣に植えられた柿《かき》の枝はしなり、鳥越明神からは楠《くすのき》の大木が風に唸《うな》る音が届いた。

八月も半ばになると、野分《のわき》の他に秋の長雨にも気を揉《も》む時節である。

大道芸人の熊八《くまはち》も、大工の留吉《とめきち》も、付添い屋の六平太にしても、天気次第で仕事のなくなる商売だった。

大工の留吉の家から、煙と共に女房のお常《つね》が飛び出して来た。

路地に流れた煙が風に巻かれて瞬く間に消えた。

「こんな日は、魚なんか焼くもんじゃないねぇ」

お常が恨めしげに空を見上げた。

「二人揃《そろ》って何してんだ」

道具箱を肩に担いだ留吉が、門を潜《くぐ》って来るなり声を掛けた。

「ほほう、お揃いですか」

褌《ふんどし》の上から半纏《はんてん》を引っかけただけの、願人《がんにん》坊主の装《な》りをした熊八も帰って来た。

「熊さん、今日は早ぇじゃねぇか」

「この風でしょう。嫌な予感がしたもので、早々に切り上げて来ましたよ」

熊八が留吉を見た。

「野分が来るのかねぇ」

呟《つぶや》いて空を見上げたお常につられて、六平太も見上げた。

「お、そうだ」

熊八が、手にぶら下げていた布包みから生姜《しょうが》を二つばかり取り出した。

「生姜だね」

お常が覗《のぞ》き込んだ。

高輪泉岳寺《たかなわせんがくじ》門前で歌い、踊り、口上を述べていた熊八に、寺の近くに住む老婆が生姜を持たせてくれたという。

「これは、酒に合うんだ」

留吉が舌なめずりをした。

「うん、合うんだ」

六平太が頷《うなず》いた。

「どうだい今夜、秋月さんとこで生姜を肴《さかな》に一杯ってのは」

留吉の発案に、六平太も熊八も乗った。

留吉と熊八の家は九尺二間《くしゃくにけん》の平屋だが、路地を挟んだ六平太の家は二階家だったから、人が集まるには恰好《かっこう》の広さだった。

半刻《はんとき》（約一時間）後の暮れ六つ（六時頃）の鐘を合図に、六平太の家に食い物を持ち寄るという話は、あっという間に纏《まと》まった。

家に戻った六平太は、流しの周りを探ってみたのだが、食い物の残りはおろか、かけらさえもなかった。

通徳利《かよいどくり》を振ると、わずかな酒が寂しい音を立てた。

表通りに出て酒と食い物を買うしかない。

六平太が徳利を摑《つか》んで立ち上がった時、人影が土間に飛び込んできた。

「秋月さん」

富坂徹太郎《とみさかてつたろう》が、肩を激しく上下させて息を整えた。

信濃《しなの》国、十河《そごう》藩江戸屋敷の供番だが、四谷、相良《さがら》道場の門人でもあった。

「道場の門人たちと石川《いしかわ》家下屋敷の間が不穏です」

徹太郎の声が切迫していた。

朝稽古《あさげいこ》が終わって帰途に着いた門人、佐野庸介《さのようすけ》が、石川家下屋敷の家臣二人に道を塞《ふさ》がれて揉《も》み合いとなり、佐野は殴る蹴《け》るの仕打ちを受けたという。

足を引きずり、顔を腫《は》らした佐野が道場に引き返して来ると、残っていた門人数人が刀を摑んで飛び出そうとした。が、それは道場主の相良庄三郎《しょうざぶろう》が押しとどめた。

「それで、不穏というのは」

「佐野さんと一緒に道場を出た安井《やすい》さん松森《まつもり》さん宮間《みやま》さんが、下屋敷を見張ると言い出したのです。佐野さんに怪我《けが》を負わせた家臣を見つけて仕返しをするのだと」

だが、規範の緩い下屋敷とはいえ、大名家勤めの者がそう頻繁に屋敷を抜け出すとは思えない。

「実は、狼藉《ろうぜき》を働いた石川家の家臣の一人が、時々、鮫《さめ》ヶ橋谷町《はしたにまち》の居酒屋に出入りしているのを、佐野さんが以前から眼《め》にしていたそうです」

「安井たちは今どこにいる」

「居酒屋への通り道にある、西念寺《さいねんじ》に潜んでいます」

「分かった」

六平太は、寝間にしている二階に上がって刀を摑むと、階下に戻った。

「わたしもお供を」

徹太郎が、路地に出た六平太の後に続いた。

「おい留さん、今夜の寄り合いは取りやめだ」

戸口から家の中に声を掛けると、六平太は徹太郎と共に市兵衛店を後にした。


野分のような風が吹く中、六平太と徹太郎は堀沿いの道を急いだ。

日は間も無く西に沈もうかという時刻だった。

「間に合えばいいがな」

六平太が、独り言のように口にした。

佐野に怪我を負わせた石川家の家臣が、居酒屋にさえ行かなければ案ずることはないのだが、もし万一待ち伏せに遭えば斬《き》り合いになる恐れがある。

　四谷から内藤新宿に通じる往還に出た六平太と徹太郎が、往還を突っ切って天王横《てんのうよこ》町《ちょう》の坂を一気に駆け下りた。

　坂の途中の四つ辻《つじ》を曲がった先に西念寺があった。

　徹太郎に続いて六平太が山門を潜ると、門の両側に潜んでいた人影が四つ立ち上がった。

「秋月さん」

　門扉の陰から出て来た安井が眼を丸くした。

　同門の松森、宮間、それに、眼の周りを腫らした佐野も姿を見せた。

「わたしが秋月さんに知らせました」

　頭を下げた徹太郎を、四人は何も言わず見た。

「仕返しなんかやめろ」

　潜んでいた四人を見回して、六平太が静かに声を掛けた。

「しかし、佐野が」

「このまま黙っていては、相良道場は腰抜けなどと言いふらされることにも」

　松森と宮間が畳みかけた。

「おれが仕返しはさせせん」

　六平太が鋭く声を発した。

大名家を相手に路上での喧嘩《けんか》ともなれば、相良道場の存立にも関《かか》わるのだ。

「足音が」

徹太郎が呟いた。

安井たちに身を隠させると、六平太がそっと坂の上に眼を遣《や》った。

擂《す》り鉢《ばち》の底になっている一帯に日は射《さ》さず、夕やみに包まれたような坂を下りてくる人影があった。

袴《はかま》を穿《は》き、刀を差した侍が二人だった。

「左の男です」

六平太の背後で、佐野が囁《ささや》いた。

飛び出そうとした安井、松森、宮間の前に、六平太が立ちはだかった。

「いうことを聞け」

六平太が凄味《すごみ》を利かせると、安井ら三人が身を固くした。

「お前ら、ここから出るなよ」

言い置くと、六平太が佐野一人を連れて山門を出た。

坂を下りて来た侍二人が、ぎくりと足を止めた。

「お前さん、相良道場の門弟を可愛《かわい》がってくれたそうだな」

六平太が、左側に立つ三十ばかりの赤ら顔の侍を見た。

「仕返しかっ」

一気に昂《たかぶ》った赤ら顔が、刀を抜いた。

同時に素早く刀を抜いた六平太が、峰を返して振り下ろすと、赤ら顔の刀が真ん中からぽきりと折れた。

石川家の侍二人が、息を飲んで固まった。


六つを過ぎた石川對馬守《つしまのかみ》家下屋敷は夕闇《ゆうやみ》に包まれていた。

六平太は、竹井《たけい》と名乗った赤ら顔の家臣と式台の前に立っていた。

「然《しか》るべきお役の方と話がしたい」

下屋敷に着くとすぐ、赤ら顔と一緒にいた若い侍に口上を託して取次に向かわせた。

それから寸刻が過ぎていた。

衣擦《きぬず》れの音がして、羽織を着た初老の侍と眼光鋭い侍が式台に立った。

赤ら顔の侍が喉《のど》を鳴らして息を飲み、俄《にわか》に身を縮こまらせて下を向いた。

「秋月六平太殿とか」

初老の侍が穏やかに問いかけた。

「近隣にある、町道場の門人でして」

初老の侍のすぐ後ろに控えていた眼光の鋭い侍が、耳打ちをした。

「わしは、石川家江戸屋敷用人、立木佐治郎《たちきさじろう》。普段、上屋敷に詰めておるのだが、下屋敷の責を担うご家老に成り代わって、時にこうして足を運ぶことがある」

初老の用人が、淡々と述べた。

「ならば、相良道場と石川家下屋敷の諍《いさか》いの経緯《いきさつ》もご存じかな」

「おおよそのことはこの者から聞いている」

用人が、耳打ちした侍の方に顔を向けた。

「ここにいる下屋敷の方が、相良道場の門人に言いがかりをつけた挙げ句、怪我を負わせたが、そのことについて御当家の処遇を伺いたいのだが」

六平太が赤ら顔を二人の前に押し出した。

「おめおめと引き立てられて、恥とは思わんのかっ。腹を切れ」

眼光の鋭い侍が、忌々《いまいま》しげに赤ら顔を睨《にら》みつけた。

「腹を切るのは無理だな」

六平太が、赤ら顔の腰から半分に折れた刀を抜いた。

「返答がなければ、この刀を門前にぶら下げて、御当家の家臣が名もない浪人に折られた物だと吹聴《ふいちょう》してもいいが」

六平太を見る用人の眼が、冷ややかな光を帯びた。

「おれの知り合いに、江戸をくまなく歩いて、世の中の面白おかしい話をする大道芸人がいる。その同業の者にも頼んで喋《しゃべ》り回らせりゃ、こちら様の所業は、明日には江戸中に広まることになる」

「何が望みだ」

用人が、六平太に抑揚のない声を向けた。

「今後一切、相良道場に構わんでもらいたい」

六平太の望みを、用人は意外そうに見た。

「いやか」

「恐らく、今後二度と諍いが起きることはあるまい」

「ほう」

六平太は用人の心底を探るように凝視した。

「相良道場とやらに目くじらを立てていた当家の剣術指南、唐沢信兵衛《からさわしんべえ》は、昨日、その任を解かれた」

用人の口から思いがけない言葉が返った。

「唐沢に代わって、この柏田《かしわだ》が『烈志館』の師範となった」

用人が眼光の鋭い侍を指した。

「石川對馬守家の剣術指南ともあろう者が町道場で立ち合い、道場の主ならまだしも、門人の一人と引き分けたのでは当家の指南役に据えて置くわけにはいかぬ」

用人の物言いには、感情のひとかけらもなかった。
六平太は、しつこく立ち合いを迫った信兵衛の顔を思い出していた。
秋の日を浴びている不忍池《しのばずのいけ》の畔《ほとり》を六平太は広小路へと向かっていた。
日は中天に上り、間もなく九つ（十二時頃）になる頃合いである。
昨夜石川對馬守家下屋敷を訪ねた後、六平太は、相良道場に立ち寄った。
石川家の用人とのやりとりを報告すると、
「これで下屋敷も大人しくなりそうだな」
相良庄三郎の顔に笑みが浮かんだ。
「まだ風が収まらぬ。今宵は道場に泊まっていくがよい」
庄三郎に勧められるまま、六平太は道場に泊まった。
今朝、六平太は庄三郎と並んで朝稽古の門人たちの前に立った。
庄三郎が、石川家下屋敷との『諍いの終息』を伝えると、
「おぉ」
門人たちから歓声が上がった。
六平太は、朝稽古の途中で道場を後にした。
風は、昨夜のうちにすっかり止《や》んでいた。

六平太が不忍池の池番小屋に差し掛かった時、広小路の辺りに人垣が見えた。

人垣に近づいて覗くと、市中引き回しの列がゆっくりと三橋《みはし》へと進んでいた。

罪状と囚人の名が書かれた紙幟《かみのぼり》を掲げた先払いの後を、馬に乗せられた囚人が続いた。

市中引き回しが済めば、牢《ろう》屋敷に戻った囚人を待っているのは、打ち首か磔《はりつけ》の刑である。

列が過ぎて人垣が崩れ、見物の人々が四方に散った。


六平太が市兵衛店に戻ったのは、八つ（二時頃）に近い時分だった。

広小路で市中引き回しを見送った後、池之端《いけのはた》の蕎麦《そば》屋に飛び込み、昼餉《ひるげ》の盛り蕎麦を食べた。

「秋月さん、どこに行ってたんですよぉ」

六平太の家の真向かいに住む三治《さんじ》が、土間から顔を突き出していた。

「今朝がた佐和《さわ》さんの御亭主が見えたんですよ」

音吉《おときち》がわざわざ訪ねて来るのは珍しい。

「お常さんに聞いたら、秋月さんは昨日から出掛けたってことだったから、いつ帰るか分かりませんよと言っておきました」

四半刻《しはんとき》（約三十分）ばかり待っていた音吉は、

「手隙《てすき》の時にまた顔を出します」

そう言って戻ったという。

佐和か子供たちに何かあったのだろうか。

「おれが浅草に行ってみる」

「けど、入れ違いになったらどうします？」

「そん時は、聖天町《しょうでんちょう》に行ったと言伝《ことづて》してくれ」

「けどわたし、御贔屓《ごひいき》からお座敷が掛かってまして」

三治が、締めかけの帯を見せた。

「じゃ、大家さんだ」

六平太が孫七《まごしち》の家に向かうと、ちょうど音吉が門を潜って現れた。

「義兄《にい》さん、実は折り入ってお話があります」

低く言った音吉の顔に、思い詰めたものがあった。

二

胡坐《あぐら》をかいた六平太の向かいで、音吉が神妙に膝《ひざ》を揃えていた。

「話というか、お頼みしたいことがありまして」

音吉は、揃えた膝に両手を置いて畏《かしこ》まった。

「足を崩しなよ」

頷いて、音吉が胡坐をかいた。

「言ってみりゃ、付添いのようなもので」

音吉の口ぶりから、佐和や子供たちに関わりのあることではなさそうだ。

「いくら身内でも、付添いの頼みとなれば口入れ屋に一言入れておかねぇと、後がうるさいんだよ」

「それはそうしますが、義兄さんに受けてもらえるものかどうか、伺ってからと思いましてね」

六平太が頷いた。

音吉が、言葉を選ぶように一瞬間を置いた。

「惚《ほ》れた女の父親を死なせた罪で遠島になっていたわたしの幼馴染《おさななじみ》が、近々江戸に戻って来るんです」

思いもかけない話に六平太は眼を見張った。

音吉の幼馴染は、巳之助《みのすけ》という、浅草東仲町《ひがしなかちょう》の料理屋の板前だった。

四年前、遠島となって伊豆《いず》の新島《にいじま》に送られたのだが、今年の恩赦で減刑となったという。

遠島刑から一等級下の重追放は、江戸十里四方お構《かまい》である。江戸に着いても、元の住まいに近づくことも、身内や友人の家に立ち寄ることも許されず、ただちに江戸を離れなければならない。

そのことは、巳之助の恩赦を知らせに来た町役人から音吉が聞いていた。

「義兄さんにお願いしたいのは、巳之助が江戸を離れた後どこへ行くのかを見届けてもらえまいかということです」

音吉が手を突いた。

許されるなら、己の眼で確かめたいという思いが見て取れた。

だが、音吉は浅草十番組『ち』組の火消しである。火事が出れば即座に駆けつけなければならない。

何日も江戸を離れることは出来なかった。

「それで、船はいつ着くんだ」

「町役人は、三日後だろうと言っておりました」

手を突いたまま、音吉が顔を上げた。

「分かった。引き受けよう」

「ありがとう存じます。それじゃわたしは早速、口入れ屋に」

音吉が腰を上げた。

「神田岩本町の『もみじ庵《あん》』だ」

土間に降りた音吉が頷くと、

「このことは、佐和には黙っておいて下さい」

「分かったよ」

六平太が頷くと、音吉は路地に飛び出した。


鉄砲洲《てつぽうず》一帯は薄い朝靄《あさもや》に覆われていた。

その靄の底から、岸辺を洗う水音がしていた。

袴を着けた旅支度の六平太が鉄砲洲稲荷《いなり》に架かる稲荷橋に立った時、日が昇りはじめた。

這《は》っていた靄が次第に薄れ、川の対岸に船手組屋敷が姿を現した。

海に眼を遣ると、石川島がうっすらと望めた。

音吉が市兵衛店に訪ねて来た翌日、六平太が『もみじ庵』に呼ばれて行くと、

「義理の弟さんからの御依頼をお受けしました」

親父《おやじ》の忠七《ちゆうしち》が言った。

「付添い料は一日二朱（約一万二千五百円）が相場ですが、お身内ですので一朱でお

引き受けしました」

恩着せがましい物言いをした。

そして昨日、

「船はどうやら、明日の朝着くようです」

市兵衛店にやって来た音吉が言った。

浦賀《うらが》の船番所で夜を明かした船は、夜明け前に江戸に向かうという。

潮目、風向きで確かな時刻は分からないが、遅くとも昼までには着きそうだった。

「義兄さん、これは当分の掛かりです」

音吉が、六平太の前に三両（約三十万円）を置いた。

六平太に貯《たくわ》えがないわけではないが、何日かかるか知れない路銀を賄えるほどの用意はなかった。

二階の押入に隠した壺《つぼ》にあるのは、七、八百文（約一万四千円から一万六千円）ばかりだ。

「すまんな」

六平太は改まり、三両を袂《たもと》に落とした。

いつの間にか靄が晴れて、鉄砲洲一帯が朝日に輝いた。

新島からの船が着くのは、船手組屋敷近くだと音吉から聞いていた。

屋敷前で役人たちの動きが慌ただしくなって、二か所に竹矢来が立てられた。

船は恐らく、竹矢来近くに接岸して罪人たちを下ろすようだ。

どこに身を潜めていたのか、遠慮がちに姿を見せた人たちが稲荷橋や高橋《たかばし》に立ち、海の方を見た。

声は掛けられないものの、その姿を一目見ようと集まった罪人の身内や知人たちだろう。

着物の袖《そで》で口元を隠した若い女や老婆の姿もあった。

一刻半（約三時間）ばかりが過ぎた。

小船の行き来で波立つ川面《かわも》が、上からの日差しにきらきらと輝いていた。

日の高さから、時刻は五つ半（九時頃）時分だと思われる。

身じろぎもせず船を待っていた人々が沖の方に眼を向けて俄にざわついた。

六平太が眼を転ずると、石川島の辺りに船影が見えた。

四半刻ばかりして、船は岸に繋《つな》がれた。

やがて、日に焼けた男たちが六、七人、数珠繋ぎになって船から下ろされ、岸辺の一角に固められた。

名を呼ばれた罪人が、一人ずつ役人の前に進み出た。

お構状を懐に差し込まれると、罪人は別の役人に付添われて竹矢来の囲いから去って行った。

「浅草今戸町《いまどちょう》、巳之助」

六平太が、役人の声を聞いた。

一人の男が進み出て役人の前に立った。

日に焼けて人相は定かではないが、年格好は音吉と近いように見えた。

船から運び出されていた荷物の中から、小さな布包みを摑み上げた巳之助の懐に、お構状が差し込まれた。

付添いの役人に促された巳之助が、囲いの外へ出た。

六平太は、川沿いの道を八丁堀方面に向かう巳之助と役人を付けた。

秋の日の降り注ぐ四谷御門前を、六平太は内藤新宿の方へと曲がった。

半町（約五十四・五メートル）ばかり先を行く巳之助と役人の背中があった。

時刻は四つ半（十一時頃）くらいだろう。

四谷大木戸の前で巳之助と役人が足を止めた。

役人に頭を下げた巳之助が、大木戸から足を踏み出した。

役目を終えて引き返して来る役人とすれ違った六平太は、巳之助を追って大木戸を抜けた。

甲州《こうしゅう》街道を西に向かう巳之助の足が、心なしか速くなっていた。

十里四方お構とは、日本橋から半径五里の中に立ち入ってはならないという追放刑である。

南は相模《さがみ》の川崎、生麦《なまむぎ》、西は国領《こくりょう》、北は蕨《わらび》、越谷《こしがや》、東の柏《かしわ》、船橋が、おおよそ半径五里の際になる。

人馬の往来の激しい街道を行く巳之助の足取りは、何かを目指してでもいるように速かった。

「気をつけろっ」

巳之助にぶつかりそうになった荷車の人足が声を荒らげた。

危うく避《よ》けたものの、巳之助は道端に倒れ込んでしまった。

人足は構うことなく、車を曳《ひ》いて先を急いだ。

立ち上がった巳之助が手ではたくと、継接《つぎは》ぎだらけの着物から砂埃《すなぼこり》が飛び散った。

巳之助はすぐに、西へと歩き出した。

重追放の過酷さを、六平太は北町の同心、矢島新九郎から聞いたことがあった。

知らない土地で食べて行く算段をしなければならない。

だが、人別帳《にんべつちょう》に載らない無宿人は、住む家を見つけるのも職を見つけることも難しかった。

「流人がいるのが当たり前と思っている島民たちの中で暮らす方が、かえって楽だと言う者もいましてね」

新九郎がそう言ったのを覚えている。

流人が島の者と交わることは禁じられているが、人柄が認められれば畑の片隅を借りられた。

中には、島の女と一緒に住む者もいるという。

六平太は、影になった巳之助の後からひたすら付けた。


府中《ふちゅう》は甲州街道九番目の宿である。

内藤新宿から七里半（約三十キロ）の道のりを、巳之助は歩きづめだった。

既に六つは過ぎて、六平太の足はすっかり重くなっていた。

日は西に沈んでいたが、辺りにはまだ明るさが残っていた。

通りがかりの旅人に何ごとか聞いた巳之助が向かったのは、大国魂《おおくにたま》神社だった。

旅籠や料理屋などが建ち並ぶ門前で、何かを探すように辺りを見回した巳之助が一軒の料理屋の裏へと入って行った。

灯《あかり》の入った門灯に『桐之家《きりのや》』とあった。

六平太が表通りからそっと小路の奥を覗くとすぐ、裏口の戸が中から乱暴に開けられた。

男に突き飛ばされるようにして小路《こうじ》に出て来たのは巳之助だった。

「二度と来て貰《もら》っちゃ困るっ」

邪慳《じやけん》な声を巳之助に浴びせた男が裏口に消え、戸が音を立てて閉められた。

巳之助は両足を踏ん張って、崩れそうな身体《からだ》を支えて身じろぎもしなかった。

それも寸刻で、巳之助は重い足を引きずるようにして裏口を離れた。

巳之助は、顔を俯《うつむ》けたままとぼとぼと甲州街道を東へと向かった。

来る時とは打って変わって、巳之助から生気が抜けていた。

東海道品川宿へと繋がる品川道を過ぎ、辺りがすっかり暮れた頃、八番目の宿場町、上石原《かみいしわら》に辿《たど》りついた。

六平太が見たところ、旅籠は四軒ばかりあった。

巳之助は、街道に面した一軒の旅籠に向かった。

無一文ではないようだ。

お上からいくらかの金が渡されるのかもしれない。

旅籠から出て来た巳之助が、がくりと肩を落とした。

部屋がなかったか、風体を見られて断られたのかもしれない。

途方に暮れて辺りを見回した巳之助は、街道脇《わき》の雑木林へと入って行った。

少し離れて六平太が付けた。

巳之助は、街道からほど近い所にあったお堂を目指していた。

小さくて古びてはいるが、夜露は凌《しの》げそうだ。

巳之助がお堂の階《きざはし》に腰を下ろすや否や、観音開きの戸が開いて、五、六人の男ども
がわらわらと飛び出して来た。

「ここはおれたちの塒《ねぐら》だぁ」

髭面《ひげづら》の男に足蹴《あしげ》を食らわされた巳之助が地面に転げ落ちた。

男どもは、倒れた巳之助を取り囲んでさらに痛めつける勢いだった。

街道を根城にして、旅人から金品を脅し取る輩《やから》だろう。

駆け寄った六平太が、一人の襟首を摑んで引き倒した。

「なんだてめぇは」

髭面の男が吠《ほ》えると、男どもが六平太に襲いかかった。

六平太が張り手を見舞うと、一人の男がすっ飛んだ。

もう一人の襟首を摑んだ六平太が、相手の身体を腰に乗せて地面に叩《たた》きつけた。

「まだやるか」

六平太が見回すと、髭面がぶるぶると首を横に振った。

「ついて来な」

包みを抱えて茫然《ぼうぜん》と立っていた巳之助に、六平太が声を掛けた。

六平太は、巳之助を伴なって上石原の旅籠に宿をとった。

巳之助を一度断わった旅籠は、六平太が連れだというと部屋に案内してくれた。

『江戸、浅草元鳥越、市兵衛店、秋月六平太。同、巳之助』

六平太が宿帳にそう書いた。

六平太と巳之助が風呂《ふろ》から戻ると、部屋に夕餉の膳《ぜん》が並んでいた。

「巳之助さん、古い着物は捨てて、あれを着なよ」

六平太が、衣桁《いこう》に吊《つ》るされた帯と縦縞《たてじま》の着物を指した。

風呂に入る前、宿場の古着屋で買ってきてくれと旅籠の者に頼んでおいたものだ。

巳之助が着替え終わるのを待って、膳に着いた。

「酒もおっつけ来るから、ともかく喰《く》おう」

二人は差し向かいで食べ始めた。

「あなた様は、わたしにどうして――」

しばらくは黙って食べていた巳之助が箸《はし》を止めた。

「あなた様はいったい、どなた様なので？」

「ただの酔興だよ」

「ただの酔興で、大木戸からわたしを――?」

日に焼けた顔を向けた巳之助の眼光が、射るように六平太を見ていた。

「付けたのは、鉄砲洲からだ」

六平太が箸を置いた。

巳之助の眼が大きく見開いた。

「浅草十番組、『ち』組の音吉を知ってるな?」

巳之助がさらに眼を丸くした。

「おれの妹が、二年近く前、音吉の女房になってな」

「音吉が後添えを」

巳之助が呟いた。

六平太は頷くと、音吉に付添いを頼まれた経緯を打ち明けた。

「音吉は、おれのことを、それほどまでに――」

後は言葉にならず、巳之助が唇を嚙《か》んで俯いた。

巳之助のお膳に、ひとつふたつ、涙が落ちた。

「お待ちどおさま」

銚子《ちようし》を持って来た女中が、膳に一本ずつ置いて出て行った。

「手酌で行こう」

「はい」

巳之助が小声を返した。

「島じゃ、どんな暮らしをしてたんだ」

盃《さかずき》を口に運んだ六平太が聞いた。

「しばらくは、どうして凌ぐか途方に暮れていました」

巳之助がポツリポツリと話し始めた。

島の浜辺には、流木や難破した船の残骸《ざんがい》が流れ着いたという。

巳之助はそれらをこつこつと集めて、一畳ほどの小屋を建てた。

火を熾《おこ》して、採って来た魚を焼いて食べた。

錆《さ》びた鎌《かま》を研いで包丁にすると、魚を捌《さば》くのはお手のものだった。

捨てられていた鍋《なべ》で海水を煮て、潮汁《うしおじる》も作った。

そんな巳之助を見ていた島民が、味噌《みそ》や醤油《しょうゆ》を分けてくれるようになり、作った料理をお返しに持って行くと大層喜ばれた。

巳之助が料理屋で板前をしていたことも知れた。

島で採れる青物は限られたが、巳之助が工夫を凝らして作ると、島民は大いに感心したようだ。

「府中に当てがあったのか」

六平太が聞くと、巳之助が頷いた。

浅草の料理屋で一緒に修業した年上の男が府中の料理屋の板前になっていたという。

「主人殺しなんか置けないと言われました。わたしが甘かったんです」

巳之助の顔に自嘲《じちょう》の笑みが浮かんだ。

「で、これからどうする」

「ともかく、江戸には戻れませんから、どこかで、なんとかして生きるしか――」

顔を俯けた巳之助が、ふうと息を吐いて盃を置いた。

久しぶりの酒だったのか、日に焼けた顔に赤みが差していた。

夕餉が済むと、巳之助は早々に布団に入った。

六平太が布団に入ってしばらくすると、巳之助のほうから寝息が聞こえた。

翌朝、六平太が眼ざめると障子は白んでいた。

宿の近くの雑木林からも近くの軒端《のきば》からも、雀《すずめ》や椋鳥《むくどり》の鳴声がけたたましく響いていた。

隣の布団は畳まれて、巳之助の姿はなかった。

六平太が起き上がるとすぐ、

「お客さん、朝餉はどうなさいます」

廊下から女中が顔を出した。

「連れが洗面から戻ったら運んでもらおうか」

「お連れさんはとっくにお発《た》ちですよ」

女中が、あっけらかんとした顔で言った。

「暗いうちにお発ちでした。そうそう、これを言付かってました」

女中が、二つ折りの書付を六平太に差し出した。

『秋月様にはお礼の申しようもありません。宿代も置かず声もかけずに発ちますこと、なにとぞおゆるし下さい。いずれ身が立ちましたら、お知らせします。音吉にもよろしくお伝えねがいます。巳之助』

達筆とは言えないが、丁寧に認《したた》められていた。

三

上野東叡山《とうえいざん》下から浅草に通じる新寺町の通りは仏具屋が軒を連ねていた。

時々ふっと、香の匂《にお》いの漂う通りを六平太は浅草に向かっていた。

上石原からの帰り、六平太は音羽《おとわ》に立ち寄った。

毘沙門《びしゃもん》の甚五郎《じんごろう》に話して、巳之助の行方を突きとめられないものか頼もうと思ったのだが、それはやめた。

いくら甚五郎でも、江戸の十里四方にまで顔が利くとは思えなかった。

顔なじみの飯屋で昼餉を済ませると、音羽を後にしたのだ。

昼下がりの浅草寺《せんそうじ》の雷門《かみなりもん》一帯は、参詣《さんけい》や行楽客で相変わらず賑《にぎ》わっていた。

それを横目に通り過ぎると左に折れて、六平太は聖天町へと急いだ。

「おれだが」

声をかけて、六平太が音吉の家の戸を開けた。

長火鉢の傍で縫い物をしていた佐和が、「あら」と手を止めた。

「音吉さんは」

「いま時分は、頭《かしら》の家だと思いますけど、なにか」

「うん、いや、そっちへ顔を出してみる」

戸を閉めると、六平太はそそくさと戸口を離れた。


浅草寺の二天門《にてんもん》から境内に入ると、右手に『甘味　佐《さ》の字《じ》』の掛け行灯《あんどん》が見えた。

店先の床几《しょうぎ》で団子を食べる者、茶を飲んでいる者もいて店構えは甘味処《どころ》だが、奥には小部屋もあって、うどんや稲荷寿司《いなりずし》を出すという。

「部屋は空いてるかい」

六平太がお運びの小女に声を掛けた。

「『ち』組の音吉さんと待ち合わせをしてるんだが」

「あぁ、音吉さんの」

小女が笑みを浮かべて、六平太を奥に案内した。

浅草十番組、『ち』組の頭の家は、浅草寺脇の北馬道にあった。

聖天町を後にした六平太が頭の家を訪ねると、

「義兄さん、浅草寺で待っていて下さい。用事を済ませたら、すぐに駆けつけます」

音吉が教えてくれた店が、『甘味　佐の字』だった。

「音吉さんがお見えですよ」

茶を運んで来た小女の後ろから、音吉が顔を見せた。

「お待たせを」

音吉が六平太の向かいに座った。

「話があるんで、注文はあとにするよ」

「はぁい」

二人に茶を置くと、小女が部屋を出て行った。

「音吉さん、すまん」

六平太がいきなり頭を下げた。

鉄砲洲から甲州街道の府中、そして上石原まで付けたものの、今朝早く、巳之助が姿を消した顚末《てんまつ》を話した。

「これを」

六平太は、巳之助が残した書付を音吉に渡した。

書付にじっと眼を落としていた音吉の顔が曇った。

「行きつく先まで離れて見届けるつもりが、旅籠に誘ったのが余計だったな」

「いえ。義兄さんの親切にはお礼を申します。ただ」

言い淀《よど》んだ音吉の口から、ため息のようなものが洩《も》れ、

「どうも、姿を消したのが気になります」

眉間《みけん》に縦皺《たてじわ》を寄せた。

「巳之助は、密《ひそ》かに江戸に舞い戻るつもりじゃないかと、それが気懸りです」

禁を犯して江戸に舞い戻って捕まれば、再び島に返されることもあった。

「この際だ、義兄さんにも知っておいてもらいましょう」

音吉が、改まった。

巳之助は、浅草東仲町の料理屋『銀蝶《ぎんちょう》』の料理人の一人だった。

十三、四で板場の見習いに入った巳之助が、『銀蝶』の一人娘、小糸《こいと》と恋仲になったのは、二十を過ぎたころだった。

小糸の父親、文吉《ぶんきち》も二人の仲は知っていて、ゆくゆくは巳之助を婿に迎え、板場を

任せるつもりだった。

「ですが、巳之助を知る板前頭や『銀蝶』の親戚筋《しんせきすじ》にあたる人が、巳之助を婿にすることに異を唱えたんです」

巳之助は博打《ばくち》好きで、素人が集まる賭場《とば》に出入りしていたという。

音吉は先のある巳之助を心配して、博打をやめるよう何度も言ったのだが、

「大丈夫だよ。博打に溺《おぼ》れるようなことにはならねぇよ」

巳之助はただ笑い返すだけだった。

博打好きについては文吉も知っていたが、小糸に婿を取るなら包丁の腕の確かな巳之助しかいないと、不安を口にする周りの声に耳を貸さなかった。

ところが四年前、その文吉が、巳之助と小糸の仲を裂こうとするようになったという。

巳之助の博打好きに目をつむっていた文吉が、こともあろうに、「博打をするような男に娘はやれない」と言い出した。

「酒を飲んでは愚痴を零《こぼ》していましたが、小糸さんの父親の言い分を聞いてすぐ、あいつはすっぱり賭場通いをやめましたよ」

その時のことを思い出すかのように、音吉がふっと遠くを見た。

だが、文吉は意固地になっていた。

巳之助を信用出来ないとまで口にして、小糸に近づくなときつく釘《くぎ》を刺したのだ。

そのわけは後日分かった。

「音吉、小糸にゃ縁談が持ち上がってるってよぉ」

酒でへべれけになった巳之助が、夜中、音吉の家にやって来て呟いた。

巳之助は、事の真偽を小糸に聞こうとしたようだが、二人が会う手立ては既に断ち切られていた。

「その時分は、縁談の相手がどこの誰だか分からなかったんですが、巳之助は包丁に身が入らなくなって板場の頭に叱《しか》り飛ばされ、暮らしぶりまで荒れました」

音吉が、湯呑《ゆのみ》を口に運んだ。

小糸の家で事が起きたのは、密かに縁談が進められている最中だった。

四年前の夜、小糸の父親に談判しようと酒に酔った巳之助が押しかけたのだ。

だが、父親の文吉はけんもほろろだった。

巳之助は抑えが利かなくなり、文吉に摑みかかった。

その場にいた小糸と母親が止めに入ると、巳之助が文吉を突き飛ばした。

長火鉢の角で頭を打った文吉は、畳に倒れたきり動かなくなって息を引き取った。

「これは、お調べに当たった知り合いの目明かしや、小糸さんのおっ母《か》さんからそれとなく聞いた話ですから細かい所はわかりませんが、その夜のいきさつは、おおよそこんなようなことでした」

言い終わると、音吉がふうと長い息を吐いた。

諍いをその場で見ていた小糸と母親の話から巳之助の情状が認められ、死罪はまぬがれて遠島となった。

主《あるじ》を亡くした『銀蝶』は店じまいを余儀なくされた。

巳之助が遠島となった一年後、小糸は蠟燭《ろうそく》屋『梅花堂《ばいかどう》』の跡継ぎ、市松《いちまつ》の嫁になった。

「遠島の刑というのは、何年経《た》てば戻れるというもんじゃねぇそうです。島で一生を送らなきゃなりません。小糸さんが巳之助の帰りを待つことなど、無理な話でした」

「ところが、巳之助は恩赦で島を出た」

「えぇ」

音吉が、ため息をついた。

「音吉さん、おめぇの気懸りっていうのはなんなんだい」

六平太が問いかけた。

「父親の文吉さんが進めていた縁談通り、『梅花堂』の嫁になったと知れば、巳之助が小糸さんをどう思うかってことです」

六平太が軽く唸った。

「進んでいた縁談を小糸さんが密かに承知していたなどと巳之助が思いこんだら、ちと厄介です。市松にも恨みの矛先を向けやしまいかと」

音吉からまたため息が洩れた。

浅草は巳之助が生まれ育った土地である。

行き場の見つからない巳之助が、切羽詰まって戻るとすれば浅草かもしれない。

「義兄さん、どうしたもんでしょう。巳之助の事を『梅花堂』にも知らせた方がいいのかどうか」

「女房はもっぱら店の奥だろうし、外に出ることの多い市松にだけ知らせておけばいいだろう」

音吉が頷いた。


雷門を出た六平太と音吉が、すぐ近くの田原町《たわらまち》へと向かった。

蠟燭屋『梅花堂』に行くという音吉に、六平太も付いて行くことにした。

六平太には、巳之助に姿を消された悔いがあった。

「『ち』組の火消しで音吉といいますが、若旦那《わかだんな》はお出でかね」

『梅花堂』の店先で音吉が名乗ると、手代が奥へ引っ込んだ。

六平太は豪壮な店構えを見回した。

浅草寺はじめ、東本願寺などの大寺がひしめく浅草では大量の蠟燭を必要とした。蠟燭のお得意先は、数多《あまた》の料理屋、武家屋敷にまで及んでいるはずだった。

「こりゃ音吉さん」

店の中から、羽織を着た二十七、八の男が笑顔で出て来た。

「若旦那、お呼び立てしてすまねぇ」

音吉が頭を下げた。

「こちらは、わたしの女房の兄さんで、秋月さんです」

「秋月六平太です」

「それはそれは、市松でございます」

羽織姿の市松が、人当たりのよさそうな顔に笑みを浮かべた。

「市松さん、込み入った話がありますんで、ちょいとこの先に」

六平太と市松が音吉に連れて行かれた先は、東本願寺と道を挟んでいる誓願寺《せいがんじ》の境内だった。

境内に着いた頃には、音吉は、新島から江戸にもどった巳之助が姿を消した経緯を市松に話し終えていた。

「巳之助さんがねぇ」

呟いた市松の顔に、戸惑いの影が広がった。

「若旦那はその、小糸さんと巳之助のことは――」

「知っています」

市松は小さく頷いた。
四、五年前、小糸は仲町小町と言われて、近隣の男たちのあこがれの的だった。
市松も例外ではなく、料理屋『銀蝶』の娘小糸を見に行った口だった。

「嫁にするなら小糸がいいと、親父にまで言いましたよ。そうしたら、小糸には良い仲の男がいるという噂《うわさ》を耳にしました。それが、板前の巳之助だと知った時はため息が出ました」

市松が小糸を諦《あきら》めかけた時、巳之助が小糸の父親を死なせるという惨事が出来した。

巳之助は遠島となり、料理屋『銀蝶』は店を閉じた。

前々から小糸との縁談を進めていた市松の親父は、破談にしようと言い出した。

良い仲だった男に父親を殺された、曰《いわ》くのある小糸が『梅花堂』にはふさわしくないというのだった。

「でも、わたしは小糸を嫁にと望んだんです」

きっぱりと市松は言いきった。

巳之助が遠島になって一年後、市松は小糸と祝言を挙げた。

「周りからは、小糸の弱みに付け込んでという声も挙がりました。そのことは甘んじて受けましたよ。巳之助がいなくなって、しめたと思ったくらいですから。それくらい、小糸が欲しかったんです。ですが」

一旦《いったん》言葉を切った市松が、

「巳之助にすれば、わたしは、横から小糸をかすめ取った憎い相手でしょうねぇ」

ふうと、細く息を吐いた。

「ですから、その用心を是非」

音吉が声を潜めた。

「用心たってねぇ」

「『ち』組の若い者や、浅草の目明かしに話して、巳之助の姿を見掛けたら知らせるようにさせますが、このことをお内儀さんに話した方がいいのかどうか、それがちと悩ましいところでして」

「小糸には知らせないでください」

「ですが、おかみさんが知ってるのと知らないのとじゃ、用心のしようも違いますから」

音吉が市松の顔を覗き込んだ。

「小糸はいま、昔のことを忘れたように、『梅花堂』の嫁としてよくやってくれています。そこへ、巳之助のことを耳に入れて、万一小糸の気持ちが揺れることになれば、亭主としては気が気じゃありませんからね」

「分かりました」

音吉が頷いた。

「おれも浅草を歩き回るつもりだが、おかみさんにはしばらく外出を控えさせることだね」

六平太がいうと、市松が丁寧に腰を折った。

「おれは一度元鳥越に戻るよ」

六平太が音吉に声を掛けた。

埃っぽい着物も、下帯も替えたかった。

「音吉さん、聖天町に帰るんなら、そこまで一緒に」

誓願寺を出たところで市松が言った。

「じゃ義兄さん、わたしはここで」

音吉は市松と並んで雷門の方へ向かった。

ほんの少し見送った六平太は、東本願寺門前の方へと歩き出した。

四

江戸は二、三日秋晴れが続いた。

六平太は、臙脂《えんじ》の着物に博多帯を締めていた。

この二、三日、昼前と夕刻、六平太は浅草に出掛けていた。

朝餉を済ませてすぐに洗って干した下帯が二本、二階の物干しで小さく揺れていた。

昼前には乾きそうだ。

畳んだ布団に立て掛けていた刀を掴むと、六平太は階下に降りた。

「お出掛けですか」

路地から入って来た佐和が、土間に立った。

「兄上は、このところしきりと浅草にお出《い》でのようですね」

框《かまち》に腰掛けた佐和が、突っ立った六平太を見上げた。

曖昧《あいまい》に返事をして、六平太は腰を下ろした。

「田町の山重《やましげ》さんの奉公人や、聖天町の棒手振《ぼてふ》りの捨三《すてぞう》さんからも兄上をよく見掛けると聞きました」

六平太が、頬《ほお》を撫《な》でた。

「浅草でなにをこそこそしておいでなんですか」

佐和が拗《す》ねた物言いをした。

「何も、こそこそというわけじゃ」

「ここのとこ、音吉さんまで妙にこそこそしてますし」

佐和の口ぶりに、特段、思い悩んでいる様子はなかった。

「昨日、日が落ちてから蠟燭屋の市松さんという方が訪ねて見えたんですけど、音吉さんと市松さんは戸口の外でヒソヒソと話を」

六平太がまた頰を撫でた。

「兄上のことといい、どういうことかと聞きましたが、音吉さんは曖昧な返事しかしてくれません」

ここまで佐和に怪しまれたら、隠しだては出来そうもない。

「おれはこれから浅草に行く。歩きながら話そう」

六平太が腰を上げた。

家を出た六平太と佐和は、浅草御蔵の方へと向かった。

音吉に頼まれて、巳之助に付添った顚末を話し終えた時、

「あら」

佐和が足を止めた。

元旅籠町の代書屋『斉賀屋《さいがや》』の表で水を撒《ま》いていた博江《ひろえ》が手を止めて、

「おはようございます」

六平太と佐和に会釈した。

「博江さん、山重さんには話をしておきましたので」

佐和が言った。

山重とは、佐和が仕立て直しを請け負っている浅草田町の古着商だった。

「わたしの名を出して頂ければ、便宜《べんぎ》を図って下さると思います」

「ありがとうございます」

博江が佐和に頭を下げた。

「では」

六平太が佐和と並んで歩き出すと、背後で水の撒かれる音がした。

六平太の知らない所で、佐和と博江が近しくなっていたことにほんの少し気が重くなった。


聖天町から、浅草寺の本堂の屋根が影になって見えた。

青物屋と豆腐屋で牛蒡《ごぼう》、里芋、焼き豆腐を買った六平太が音吉の家に向かっていた。

「夕餉はうちで済ませて下さい」

佐和に勧められた六平太は、買い物を引き受けた帰りだった。

日が翳《かげ》ると仕事にならない居職《いじょく》の家では片付けが始まっていた。

六平太は今日も朝から浅草を歩いた。

昼時、音吉の家で一休みをして、昼過ぎにもう一度、一刻半ばかり歩き回った。

だが、巳之助の姿を見掛けることはなかった。

六平太は、佐和とおきみ、勝太郎《かったろう》に囲まれて、七つ半（五時頃）すぎには、夕餉を済ませた。

用事で出掛けている音吉が帰るまで残ることにした六平太が、おきみと勝太郎を相手に玩具《がんぐ》で遊んでいる時、

「もし、音吉さんはお出ででしょうか」

戸の外で女の声がした。

佐和が戸を開けると、思い詰めた女の顔があった。

年のころは、二十四、五だろうか。

「音吉さんのおかみさんですね」

「はい」

佐和が答えると、

「蠟燭屋『梅花堂』の小糸といいます」

頭を下げた。

「あぁ」

佐和が、六平太を振り向いた。

「入ってもらいなよ」

「どうぞ」

佐和に勧められて土間に立った小糸が、窺《うかが》うように六平太を見た。

「わたしの兄です」

六平太に頭を下げると、小糸が框に腰を掛けた。

「おかみさんは、音吉さんから何か聞いておいでじゃありませんかねぇ」

「なにかといいますと」

「ええ」

少し逡巡《しゅんじゅん》したが、

「実は、音吉さんの幼馴染で、以前、わたしの実家の料理屋で板前をしていた巳之助という人がいるんです」

小糸が、堰《せき》を切ったように話し出した。

このところ、亭主の市松が奥歯に物の挟まったような物言いをするという。

町で会う顔なじみの目明かしも、小糸から妙に眼を逸《そ》らすとも言った。

「そしたら今日、田原町の自身番から『ち』組の頭と出てくるうちの人を見掛けたんです」

市松の姿が見えなくなってから、小糸が自身番に入ると、そこに年の行った町役人がいた。

小さい時分から顔見知りの町役人に、市松の用は何だったのかと問い詰めると、

「巳之助が恩赦となって島から戻って来た」

という答えが戻って来た。

「兄上、こちら様がそこまで御存知なら、お話ししてもいいのではありませんか」

佐和が静かに口を開いた。

六平太は框近くに膝を進めた。

「島帰りの巳之助と、おれは鉄砲洲で会いました」

六平太は、音吉に頼まれて江戸を離れる巳之助を付けたこと、巳之助が上石原で姿を消したことを打ち明けた。

話を聞き終わった小糸が、深い息を吐いて俯いた。

「巳之助さんが、わたしに恨みを抱くなら、それも仕方のないことなんですよ」

小糸が、抑揚のない低い声で呟いた。

「うちの人と夫婦になった後、初めて知ったことがありました」

小糸の声がかすれた。

小糸の父親の文吉が死んだ後、立ちゆかなくなった料理屋『銀蝶』の後始末に奔走したのが市松の父親だった。

その上、料理屋の鑑札、土地家屋を売ってくれたばかりか、残された小糸と母親が住む家まで用意してくれた。

「これで『銀蝶』さんの借金も消えましたよ」

文吉が死んでからふた月ばかりしたころ、小糸と母親を訪ねて来た市松の父親が微笑んだ。

その時初めて、文吉が、市松の父親に三百両（約三千万円）を越す借金をしていたことを小糸は知った。

「これはもう、前々からの縁談をお受けするしかないよ」

市松の父親が帰った後、母親が小糸に呟いた。

自分に縁談があることは薄々気づいていたが、小糸は聞く耳を持たなかった。まして、その相手が蠟燭屋『梅花堂』だったということはその時初めて知った。

市松と祝言を挙げて一年後、小糸が病の床についた母親を見舞うと、

「向こう様とは、うまくいってるのかい」

市松との仲を盛んに気にしたという。

「市松さんは何かと気を配ってくれるし、可愛がってもくれるわ」

小糸は正直に答えた。

すると、

「けど、巳之助には悪いことをしたよ」

寝込んで気弱になった母親が、ぽつりと洩らした。

父親の文吉が小糸と巳之助の間を裂こうとしたのは、市松の父である『梅花堂』の主人の一言だったとも洩らした。

「うちの倅《せがれ》が小糸さんにぞっこんらしいのですよ」

市松の父が笑顔で口にしたのを、小糸の母親は傍《そば》で聞いていた。

借金を楯《たて》に押しつけたわけでもなく、市松の父は笑い話のように口の端《は》に乗せたのだ。

「お父っつぁんが死ぬ、ひと月ほど前だと言ってましたから、勘定も合うんです」

框に腰掛けた小糸が呟いた。

「勘定というと」

六平太がふっと口にした。

「お父っつぁんが、巳之助さんとわたしの間を裂こうとし始めたのが、丁度その時分でしたから」

小糸の片頬が微かに震えた。

「お父っつぁんは、『梅花堂』の義父の何気ない言葉を真に受けてしまったんですよ。借金っていう負い目もあるし、『梅花堂』が望むなら、何が何でも巳之助さんとの間を裂こうと――、そんなことを知ってしまうと、わたしは、家の借金のかたにされたんだという思いがね」

「なにもそこまでお思いになることは」

佐和が小糸に声を掛けた。

「だけど、そんなものが胸に刺さってますと、なんだかねぇ。いえ、決して市松との間がどうこうというわけじゃないんですけど」

六平太と佐和に笑顔を見せた小糸だが、顔にはすぐに影が射《さ》した。

「よくよく考えたら、巳之助さんに罪作りをさせたのは、お父っつぁんと、このわたしですよ」

吐息交じりに小糸が口にした。

「巳之助さんに恨まれても仕方ないことを、わたしとお父っつぁんは――」

そう言ったきり、小糸は俯いて黙りこくった。

通りは夕闇に包まれていた。

浅草寺の奥山には見世物小屋や水茶屋があって夜でも賑わうのだが、花川戸《はなかわど》の通りには静かな人の行き交いがあるだけだった。

六平太は小糸と並んで歩いていた。

「うちは大丈夫ですから、兄上は小糸さんを送りがてら市兵衛店にお帰り下さい」

佐和に言われて、田原町の『梅花堂』に送ることになった。

行く手の小路から出て来た女の人影が、やって来た辻駕籠に気付いて立ち止まった。

「ごめんよ」

駕籠舁《か》きが女に声をかけて、吉原の方へと向かった。

駕籠の方を振り向いた女が、「あら」という顔で六平太を見た。博江だった。

「仕事の後、山重さんに行ったものですから」

博江が、抱えていた風呂敷包《ふろしきづつみ》を小さく持ち上げた。

「お知り合いですか？」

「えぇ」

六平太が小糸に返事をすると、

「この辺りは知り合いばかりですから、危ないことはありませんので、わたしはここで」

一礼すると、小糸が先の角を雷門の方へと曲がった。

「お帰りなら途中まで」

頷いた博江が、六平太のすぐ後ろについて歩いた。

話すこともなく、ただ黙って歩いていると妙に重苦しい。

「お綺麗《きれい》な方で」

博江が口を開いた。

「妹の亭主の知り合いでして」

六平太は返事をしたが、また話すことがなくなった。

御蔵前の森田町の角を曲がった時、小橋を渡り切った侍の影が立ち止まった。

「長屋に行ったら、朝から浅草だそうだな」

身体を動かした影に町の明かりが射して、唐沢信兵衛の顔を浮かび上がらせた。

「石川家の剣術指南をやめさせられたと聞いたが」

「お主に勝てなかったというだけでなっ」

信兵衛の足が一歩、つっと前に出た。

「博江さんは長屋へ」

六平太が楯になって回り込むと、博江を小橋の方に押しやった。

「行きなさいっ」

躊躇《ためら》っていた博江が、小橋の向こうに消えた。

「立ち合うにふさわしい場所へ案内願いたい」

信兵衛が刀の柄に手を置いた。

「おれを斬れば、剣術指南に戻れるのか」

六平太が、信兵衛を見据えた。

「お主に勝ちたいだけだ。勝つしか、わしが江戸でのし上がる手立てはない」

「江戸じゃなきゃならんのか」

「そうだ」

信兵衛が吐き捨てるように答えた。

「国を追われでもしたのか」

「わしが見限ったのだっ」

信兵衛が、昂《たかぶ》りを露《あら》わにした。

「国でいくら名を上げても、道場の師範代になれるのは師範に取り入る奴らなのだ。それならば、江戸で名を上げて見返してやろうと」

「それで、石川家江戸屋敷の指南役にか」

「それまでに、江戸でどれほどの辛酸を舐《な》めたか分かるか――！　田舎から何しに来たと言う顔を何度となくされた。だから、立ち合うごとに勝ち続け――、それをお主がっ」

刀を抜いた信兵衛が、切っ先を六平太に向けた。

「このままでは、国へも帰れぬ。道場破りでもして、江戸の名のある道場に潜り込む。その手始めが、お主に勝つことだ」

切っ先を向けたまま、信兵衛が、じりっと踏み込んだ。

咄嗟《とっさ》に左手で鞘《さや》を押さえた六平太が、左足を引いて腰を落とした。

立身《たつみ》流の抜刀術、擁刀《ようとう》の構えである。

その時、慌ただしく橋板を踏む音がした。

『福富町』や『自身番』と書かれた提灯《ちょうちん》をかざした、三、四人の人の塊が橋の上で足を止めた。

「刀をお収めにならないなら、役人を呼びますよ」

橋から男の声がした。

対峙《たいじ》していた六平太と信兵衛が、どちらからともなく構えを解いた。

刀を収めた信兵衛が、身体を揺すって鳥越橋の方へ足早に去った。

橋の上に固まっていた連中は安堵《あんど》したのか、掲げていた提灯を下ろした。

「余計なことをしましたでしょうか」

橋の上に姿を見せた博江が、小さく頭を下げた。

おそらく、博江が自身番に駆け込んだのだろう。

「いや」

博江にそういうと、六平太は静かに刀を収めた。

雨戸を閉め忘れた障子で、朝の光が眩《まぶ》しく輝いていた。

いつもなら日の出前に目覚めるはずが、連日の浅草通いで知らず知らず疲れがたまっていたようだ。

布団の上に身体を起こした六平太が、軽く首を回した。

どこからともなく、いい匂いが漂っていた。

六平太が、鼻を動かして嗅《か》いだ。

味噌汁だけではなく、甘辛い匂いもする。

カタリ、階下で物音がした。

階段の下り口に近づくと、匂いはそこから湧《わ》きあがっていた。

六平太がそろりと階段を下りた。

「へへへ、遅いお眼ざめで」

框に腰掛けてのんびりと茶を啜《すす》っていた菊次《きくじ》が、にやりと振り向いた。

「朝っぱらから、なにごとだ」

「いや、なんだか兄ィの顔を見たくなりましてね」

「よせよ」

「それに、お佐和さんが居なくなって、暮らしがだらしなくなってるんじゃねぇかなんて、心配にもなりまして、へへへ」

菊次が湯呑を置いた。

「おめぇが、煮炊きしたのか」

「お櫃《ひつ》を見たら空っぽだ。それで二合ばかり炊いときました」

菊次が、竈《かまど》に掛かった釜の蓋を取ると、湯気が立ち上った。

「飯だけじゃなんだから、味噌汁も作り、蓮根《れんこん》と牛蒡《ごぼう》、それに油揚げが残ってたんで、醬油と砂糖で煮ておきましたから、あとは器に取り分けてもらいてぇ」

六平太があんぐりと菊次を見た。

「じゃぁまぁ、あたしゃ仕込みがありますんで」

路地に出かかった菊次が、

「あ、そうだ」

土間で振り返った。

「これはまぁ、どうでもいいことなんだが。ほら、兄ィもよく御存じの、『瀧《たき》のや』の清寿郎《せいじゆろう》さんね」

六平太は頷いた。

清寿郎は、内藤新宿の料理屋『瀧のや』の跡継ぎである。

「どうも、清寿郎さんの縁談がまとまったようだよ。昨日耳にしたところじゃ、なんでも、四谷大木戸近くの旅籠の娘だそうで、へへへ、いや、目出たい」

菊次が、零れるような笑みを六平太に向けた。

「兄ィには、こんなことどうでもいいことだろうが、一応さ。それじゃ」

言うだけ言うと、菊次は軽やかに出て行った。

清寿郎の相手が八重《やえ》ではなかったことが、菊次を浮かれさせたようだ。

菊次は、昨夜一睡も出来ず、朝早く元鳥越に現れたに違いない。

五

菊次が作ってくれた朝餉を食べ終わってしばらくすると、『ち』組の平人足が音吉の言付けを持ってやって来た。

「四つ（十時頃）に、華龍寺《かりゆうじ》境内の茶店『醍醐《だいご》』にお出で願いたい」

浅草寺の西側にある華龍寺は、六平太も知っていた。

東本願寺から東へ延びる道を入谷田圃《いりやたんぼ》の方に六平太は向かった。

浅草寺門前に比べれば人出は少ないが、散策の人、吉原見物に向かう他国者らしい男の一団があった。

浅草寺の時の鐘が四つを打ち始めたころ、六平太が華龍寺の参道に入った。

立てられた竹の先から吊るされた幟《のぼり》に『醍醐』とあった。

六平太は、参道から奥まったところにある茶店へと入って行き、床几に腰掛けた音吉の姿を見つけた。

六平太に気付いて床几から立ち上がった音吉の隣りに、菅笠《すげがさ》の男がいた。

菅笠の男が着ている縦縞の着物に見覚えがあった。

菅笠をほんの少し上げて頭を下げたのは、巳之助だった。

「昨夜遅く、聖天町の家にやって来まして」

音吉が声を潜めた。

「小糸さんのお父っつぁんの墓参りをしたいと言うもんで、さっき裏の墓地に」

巳之助が、菅笠ごと頭を下げた。

「夜動くより、明るいうちの方が怪しまれまいと思いまして」

そう言って、音吉が六平太に頭を下げた。

「秋月様、黙って姿を消して申し訳ありませんでした」

巳之助がかすれた声を出した。

「府中で追いかえされた後、この先、どうなるもんでもない。そう思うと、つい自棄《やけ》になってしまって」

「あの後、どうしてたんだ」

六平太が、気遣うように聞いた。

巳之助は、品川道を南に下ったという。

当てもなく、下祖師谷《しもそしがや》、奥沢と野宿しながら当てもなく歩いた。

「野宿した夜、つらつら思ったのは、死なせた旦那の墓参りだけはしようと、こうして江戸に」

笠の下で巳之助が呟いた。

『銀蝶』が店じまいしたことや小糸が縁付いたことは遠島になった後のことで、巳之助は音吉から今日初めて聞かされていた。

「おかみさんと小糸さんがどうなったか、それは気懸りでしたから、これで安心して江戸を離れられます」

巳之助がしっかりした声で言った。

「どこへ行く」

六平太が聞いた。

「流山《ながれやま》に行ってみようと思います」

巳之助が答えた。

料理屋『銀蝶』に醤油を納めていた醤油屋の手代が、在所の流山で醤油造りの修業をしているという。

「もしかすると、府中の二の舞ということもありますが、とりあえずそこを目指します」

「そうか」

六平太が頷いた。

「巳之助、江戸を去る前に、遠くからでも小糸さんを見ていかねぇか」

音吉が、思い切って口を開いた。

巳之助は黙って音吉を見た。

そして、大きく首を横に振った。

「おれが、小糸さんに会える道理があると思うかい、音さん」

巳之助の声は穏やかだった。

「音吉にも秋月さんにも、わたしが小糸さんに恨みを抱いているんじゃないかと気を揉ませたようですが、わたしが恨むなんてのは筋違いです。恨まれるとすりゃ、こっちの方です。小糸さんのお父っつぁんを死なしたことは、どうあっても拭《ぬぐ》えるもんじゃありません」

六平太と音吉に顔を向けた巳之助の眼は、澄んでいた。

流山に向かう巳之助を千住《せんじゅ》で見送って、六平太と音吉が浅草に戻って来たのは八つ半（三時頃）を過ぎた頃だった。

「巳之助はどうやら五里四方の外に行ったらしい」

浅草の御用聞き、町役人、『ち』組の者にも知らせて回り、音吉と六平太は最後に蠟燭屋『梅花堂』に立ち寄った。

市松を店の外に呼び出し、御用聞きたちに言ったのと同じことを音吉が告げた。

市松の口から、安堵のため息が洩れた。

「どうです義兄さん、軽く一杯」

『梅花堂』を後にするとすぐ、音吉が飲む仕草をした。

「いいね」

六平太は、音吉に連れられて雷門前の居酒屋に入った。

「そうだ」

卓に着くとすぐ、六平太は、二両と二分ばかりを音吉の前に置いた。

音吉から預かった三両の残りである。

「しかしこれは」

「二日分の宿代はさっ引いてある」

三両は、音吉がどこかで工面したものだろう、まるまる受け取るわけにはいかなかった。

「それじゃ遠慮なく」

音吉が、金を懐にねじ込んだ。

酒が運ばれて来た。

冷酒を口に含むと、六平太と音吉から期せずして、ふうと吐息が洩れた。

ひと仕事が終わったせいか酒の酔いが心地よく、知らず知らず一刻（約二時間）ばかりを過ごした。

居酒屋を出ると、通りに夕闇が迫っていた。

「うちで茶でも」

勧められるまま、六平太は音吉の家に立ち寄ることにした。

聖天町の家々にぽつりぽつりと明かりが灯っていた。

「今帰ったよ」

声を掛けた音吉が、戸口で足を止めた。

「こちら様が音吉さんに」

框に腰掛けた小糸の向こうで佐和が腰を浮かせた。

「ね、音吉さん、昼間、お父っつぁんの祥月命日だから華龍寺に行ったら、花が手向けられていたんですよ」

小糸が腰を上げた。

「義兄さん中へ」

音吉に続いて六平太も土間を上がった。

「花だけじゃなく、線香の灰もまだ真新しいんですよ。あれは、もしかしたら巳之助さんじゃないかと思いまして」

身を乗り出した小糸が、音吉と六平太を窺った。

ちらりと眼を向けた音吉に、六平太が頷いた。

「わたしが、巳之助の墓参りに付き合いました」

音吉がいうと、小糸が大きく息を飲んだ。

「巳之助は、そのまま江戸を離れましたよ」

父親を死なせた巳之助が、小糸に顔を晒《さら》すわけにはいかないと口にしたことも音吉は打ち明けた。

「巳之助さん、やっぱり浅草に現れたのね」

小糸が呟いた。

「やっぱりって？」

音吉が眉《まゆ》を顰《ひそ》めた。

「先月の二十六日の夜、わたし、何気なく見上げたら、月が出てたんです」

小糸が、虚空を見つめた。

あっ、と声を出しそうになった佐和が、手で口を塞《ふさ》いだ。

「わたし、月の輝きの中に、朧《おぼろ》ですけど、仏様のお姿を見たような気が――」

言葉を飲んだ小糸が、息を詰めて虚空を見続けた。

一月と七月の二十六日に月の出を待って拝むと、月明かりの中に、阿弥陀菩薩《あみだぼさつ》、観《かん》音《のん》菩薩、勢至《せいし》菩薩の三尊が浮かぶと言われている。

その姿を見ることが出来ればいいことがあるというので、皆が二十六夜を待つのだと、六平太は以前、佐和から聞いた覚えがあった。

「あれは、巳之助さんが帰って来るっていう、お告げだったのね」

小糸の顔に微《かす》かに笑みが浮かんだ。

「わたし、来年も二十六夜を待つわ」

「いけませんよ、おかみさん」

佐和が、静かに諌《いさ》めた。

「あなたは市松さんのおかみさんじゃありませんか。そしてゆくゆくは、蠟燭屋『梅花堂』のお内儀におなりになるのでしょう」

「そうだよ小糸さん。佐和の言うとおりだよ」

音吉が言い添えた。

「千住で見送った時、小糸さんに、おれのことは金輪際忘れるように言ってくれと、巳之助にそう言付かったよ」

六平太が、嘘《うそ》をついた。

「巳之さんが、かわいそう」

呟いた小糸が腰を上げ、覚束《おぼつか》ない足取りで表へと出て行った。

「月だわ」

外でいきなり小糸の声がした。

「今夜も月が出てる。巳之助さんも、どこかで見てるかもしれませんねぇ」

中の三人が、声もなく顔を見合わせた。

それっきり、小糸の声はしなくなった。

夜の帳《とばり》の下りた通りを歩く六平太は肩を怒らせていた。

巳之助や小糸の心情に思いが及ぶとなんともやるせない。それを振り払うかのように六平太は大股で元鳥越へと急いだ。

市兵衛店の門を潜ると、

「秋月さんちょっと」

大家の孫七に呼び止められた。

「一刻ばかり前、お侍から文を預かりました」

土間から顔を出した孫七が、書付を差し出した。

急ぎ開いて読んだ六平太の顔が、かっと熱くなった。

『女を預かっている。正覚寺《しょうかくじ》横、的場に来られたし。唐沢信兵衛』

書付の文面だった。

六平太が、潜ったばかりの門から飛び出した。

浅草御蔵前、黒船町《くろふねちょう》の正覚寺の横には弓の稽古をする的場があった。

六平太は西福寺裏の堀沿いを通り、堀田原の馬場を曲がって的場に駆けつけた。

板屋根の掛かったあずちに的が三つ並んでいた。

立ち上がった人影が屋根から出て、微かに届く近隣の明かりが信兵衛の顔を見せた。

「博江殿は」

信兵衛が、屋根を支える柱に繋いでいた博江の縛《いまし》めを解いた。

「伝助店《でんすけだな》に戻っていなさい」

六平太が言うと、表情はよく見えないが、博江が頷いた。

「このこと、誰にも知らせてはなりません」

六平太が念を押した。

博江が、小走りに的場を出て行った。

「誰にも邪魔をされずに立ち合うということだな」

信兵衛が、一間（約一・八メートル）の間合いを取って六平太の前に立った。

「出来れば立ち合いは避けたかったが、女を楯に取るような真似《まね》は勘弁ならねぇ」

「そうだ。お主のその怒りを待っていたんだ」

信兵衛の抜いた刀が、鈍い光を放った。

六平太も静かに刀を抜いた。

ザッ、土を踏む信兵衛の足音を聞いて、六平太は左に回った。

暗がりの中では間合いが取りづらく、無闇《むやみ》には斬り込めない。

信兵衛もそれは承知して、不用意に斬り込むことを避けていた。

六平太は、間合いを取ったまま、円を描くように左へ左へと動いた。

そして、右へ回ろうとした六平太の足が小石を踏んでよろけた。

「タァッ！」

一瞬の隙を突いて、信兵衛が迫り、六平太の肩口に上段から振り下ろした。

咄嗟《とっさ》に地面に倒れた六平太が、仰向《あおむ》けになって刀を突きあげた。

六平太の刀の先が、信兵衛の腹にずぶりと突き刺さっていた。

流れ出した血が刀を伝い、柄《つか》を握った六平太の手を濡《ぬ》らした。

う、う、う、低く苦しげな声を洩らした信兵衛が、六平太のすぐ横にどぉっと倒れ込んだ。

六平太が肩で息をしながら横を見ると、かっと眼を開け、何かもの言いたげに口を開いた信兵衛に、息はなかった。


黒船町の自身番に寄って、立ち合いの仔細《しさい》を知らせると、六平太は福富町の伝助店へと向かった。

「秋月です」

戸口で声をかけるとすぐ、博江が戸を開けた。

「血が」

「返り血です」

「中へ」

博江が大きく戸を開けた。

六平太が、土間の框に腰を掛けた。

「仕事の帰り、長屋近くであのお侍に腕を摑まれまして」

流しで手拭を濡らしながら、博江が言った。

「流しに手を」

言われるまま、立ち上がった六平太が流しに両手を突き出した。

血の付いた手に、柄杓《ひしやく》で汲《く》んだ甕《かめ》の水を、博江が注いだ。

「あのお侍は」

「恐らく、無縁仏として近くの寺に」

博江は頷いて、また水を注いだ。

「命のやりとりは、いやです」

水を注ぎながら、博江が呟いた。

「秋月様に万一のことがあれば──、やはり、何かの時には、お頼りすることもございますし」

六平太が、博江の言葉を断ち切るように流しから両手を引いた。

手拭で手を拭き、着物に沁《し》みた血を拭いながら六平太が聞いた。

「博江殿は、夕餉は」

「夕餉の支度をする前でしたので」

「では、その辺りでどうです」

六平太はぞんざいな物言いをした。

鳥越明神から浅草御蔵に通じる道に面した居酒屋『金時』は、六平太の行きつけである。

「いらっしゃい」

馴染みのお運び女が、六平太と博江に空いてる卓を指し示した。

「二人とも腹が減ってるんだ。なにか見繕ってくれ」

博江と向かい合って座ると、六平太が言った。

「雷豆腐、鰯《いわし》の塩焼き、蛸《たこ》の生姜酢《しょうがす》なんかはどうだね」

「それでいい。あとは酒を二本」

「はぁい」

お運び女が板場に引っ込んだ。

片隅で飲んでいた二人連れの男が小さく笑い声を上げた。

飯時を過ぎた店内には、もっぱら酒を目当ての客が三組ばかりいた。

六平太の席に酒が来た。

「いきますか」

六平太が銚子を摘まむと、

「一口だけ」

博江が猪口《ちょこ》を持った。

六平太が注《つ》いでやると、博江が銚子を持とうと手を伸ばした。

「いや、おれは勝手に」

やんわり断って、六平太は自分の猪口に注いだ。

二人は黙って猪口を口に運んだ。

片隅の客二人から、けたたましい笑い声がした。

「この前、ご一緒だったお方も、付添いの？」

博江が、改まった風でも無く聞いた。

「わたしが、山重さんから帰る途中、浅草で」

小糸のことだった。

「あれは、ちとややこしい仔細がありましてね」

食べ物が来るまでの繋ぎにと、六平太は巳之助に絡む因縁話を、かいつまんで話した。

「そのことで、ここしばらくは歩きづめでしたよ」

六平太が、手酌で酒を注いだ。

卓に料理が運ばれて来た。

「二十六夜待ちですか」

食べ始めていた博江が、ふっと手を止めた。

「ご存じで？」

博江が頷いた。

「その蠟燭屋のおかみさんは、来年もきっと二十六夜を待ちますね」

六平太が手を止めて、博江を見た。

「叶《かな》わないと分かっていても、なにか待つものがあれば、今、何か辛《つら》いことがあっても辛抱出来ますから」

博江は静かに箸を動かした。

それからは話らしい話もなく、六平太は黙々と酒を口にした。

六平太と博江は、四半刻ばかりで料理の皿を空にした。

「出ましょう」
五、六人の男たちがどっと店に押しかけて来たのを潮に、六平太が腰をあげた。
博江とともに『金時』を出たとたん、涼風が吹き抜けた。

「では、ここで」

「ご馳走《ちそう》になりまして」

頭を下げると、博江が背を向けて御蔵の方へと歩き出した。

六平太は鳥越明神へと足を向けた。

博江の足が止まったのを背中で聞いて、六平太は振り向いた。

立ち止まった博江は、顔を少し傾けて何かに聞き入っていた。

「なにか」

「いえ。虫の声がしたようで」

六平太もつい耳を澄ましたが、聞こえなかった。

「足をお止めしてすみません」

一礼すると、博江は慌てて踵《きびす》を返した。

歩き出した六平太がふっと見上げると、空に弓張月があった。

―――本書のプロフィール―――

本書は、小学館文庫のために書き下ろされた作品です。

小学館文庫

付添《つきそ》い屋《や》・六平太《ろっぺいた》
麒麟《きりん》の巻《まき》　評判娘《ひょうばんむすめ》

著者　金子成人《かねこなりと》

二〇一六年七月十一日　初版第一刷発行
二〇一六年八月十日　第二刷発行

発行人　菅原朝也
発行所　株式会社 小学館
〒一〇一-八〇〇一
東京都千代田区一ツ橋二-三-一
電話　編集〇三-三二三〇-五九五九
　　　販売〇三-五二八一-三五五五
印刷所――中央精版印刷株式会社

ISBN978-4-09-406311-0